귀여운 처제

귀여운 처제

초판 1쇄 인쇄 2011년 06월 01일
초판 1쇄 발행 2011년 06월 08일

지은이 | 김범영
펴낸이 | 손형국
펴낸곳 | (주)에세이퍼블리싱
출판등록 | 2004. 12. 1(제315-2008-022호)
주소 | 서울특별시 강서구 방화3동 316-3번지 한국계량계측협동조합회관 102호
홈페이지 | www.book.co.kr
전화번호 | (02)3159-9638~40
팩스 | (02)3159-9637

ISBN 978-89-6023-616-5 03810

김범영 애정실화소설

귀여운 처제

ESSAY

목 차

제주도의 인연

국가시낭(구지뽕나무 제주도 방언) 긴 가시가 위협이라도 하듯 나의 목 언저리를 향해 그 날카로움을 뽐내고 있었다. 뽕나무 오디를 닮은 국가시낭 열매들이 아직은 녹색을 띠며 조그맣게 달려 있었다.

나는 S정치외대의 대학원 과정을 올해 졸업하는 미래의 외교관이다.

1주일간 리포트를 위한 여행을 제주도로 온 나는 바닷가 작은 민박집에 친구들이랑 같이 머물고 있었다.

그 일주일이 어느덧 다 가고 친구들은 오늘 아침에 서울로 가는 비행기를 탔다. 나는 혼자 남았다. 그 이유는 민박집 주인의 딸 진미경 때문이다. 그녀가 오늘 나에게 할 말이 있단다.

얼굴이 잘 생긴 미인도 아니고 그냥 평범한 그녀가 나에게 다가온 것은 이곳 민박집에 친구들과 민박을 시작한 다음 날부터다.

첫날은 친구들과 술이 너무 취해서 아무것도 생각이 나질 않았다.

다음 날, 진미경 그녀는 나에게 관심을 보이기 시작했다. 친구들 몰래 밀감도 갖다 주고 고구마 삶은 것도 갖다 주고 눈웃음도 치며 나의 마음을 흔들어 놓았다.

그리고 어젯밤, 그녀와 난 처음으로 키스를 했다. 친구 녀석들이 부르는 바람에 그 키스는 너무 짧게 끝났지만 26살 내 가슴을 콩콩 뛰게 만들었다.

나의 아버지는 놀부로 통하는 자린고비 사채업자이다. 기업을 했으면 우리나라에서 가장 큰 기업을 했을 정도로 돈은 많았지만 아버지는 오로지 사채놀이 하나만 알았다.

아버지의 부인은 모두 3명이었는데 첫째와 둘째 부인은 자식을 낳지 못하고 아버지의 자린고비 성격이 싫다며 떠나버리고 늦게 새로 장가를 간 세 번째 부인이 나를 낳았다. 그 세 번째 부인, 나의 어머니, 어머니. 어머니는 내가 9살 때 교통사고로 돌아가셨다.

나는 아버지와 단 둘이서 서로 의지하며 그렇게 살아왔다. 나는 아버지의 아침, 점심, 저녁 식사를 책임지고 해드렸다. 나의 어머니께서 돌아가시면서 나에게 남긴 마지막 부탁이기에 단 하루도 거르지 않고 내 손으로 손수 아버지 식사를 해드렸다.

"너의 아버지는 돈이 많고 원수도 많아서 아무 곳에서나 밥을 먹으면 안 된다. 네가 꼭 손수 해드려라."

아. 나의 어머니의 그 괜한 걱정 때문에 난 어려서부터 식모살이를 해야만 했다.

하하하. 그래도 난 좋았다.

학교를 다닐 때도 놀러 다닐 때도 다른 사람한테는 자린고비인 아버지. 나에게는 무한 투자를 아끼지 않았다.

"돈은 써본 사람만이 쓸 줄을 안단다. 아끼지 말고 써라!"

나의 아버지는 늘 나에게 돈을 펑펑 던져 주었다. 나는 명품이란 명품은 그 어떤 것도 잊지 않고 내 것으로 만들었으며 중학교를 다니면서부터 전용 운전기사를 두고 번쩍번쩍하는 신형 고급 승용차만 타고 다녔다.

나에겐 친구들이 줄을 섰다. 모두 나에게 뭔가 얻어먹을 속셈이 있지만 난 그런 친구들은 멀리했다. 오로지 몇몇 맘에 맞는 친구들과 어울려 다니기만 했다. 이상하게도 나에겐 남자 친구들만 있었다.

여자 친구들은 하나도 생기지 않았다. 대학교 3년 후배인 그녀, 김다희. 큰 두 눈이 나를 빨아들일 것처럼 내 마음을 흔들고 그녀만 보면 난 즐겁고 그녀만 보면 난 항상 마음이 편했다. 그러나 그녀는 나를 벌레 보듯 한다. 내가 다가가기만 해도 온 몸에 소름 끼친다고 부르르 떨며 피한다. 하나도 가진 것도 없는 가난한 세탁소를 운영하는 부모를 둔 주제에 항상 나를 벌레 대하듯 한다.

벌써 한 대 쥐어박고 발로 걷어차 버렸어야 하는데 오기가 생겼다. 이번에 서울 올라가면 꼭 그녀가 나에게 호감을 갖게 만들 것이다. 리포트를 쓰는 것도 잊은 채 오로지 그녀에게 이길 생각만 했다. 왜? 난 항상 그녀에게 졌으니깐. 말로 싸워도 주먹으로 싸워도 뭐든 난 그녀에게 졌다.

김다희. 이제 내 인생의 목표가 그녀에게 이기는 것이다.

민박집엔 어린 꼬마가 하나 있었다. 마치 인형처럼 생긴 4살짜리 여자아이다. 진미경의 동생. 이름이 미정이라 했다. 이 녀석이 유난히 나를 따랐다. 거침없이 뽀뽀도 해주고 업어 달라 안아 달라 하면서 재롱을 부렸다. 신기하게도 다른 친구들에겐 전혀 가지 않았다. 오로지 나만 졸졸 따라 다녔다.

"신기하네! 미정인 낯을 많이 가리는 편인데!"

민박집 주인아주머니는 그렇게 말을 하며 나와 미정이를 번갈아 바라보았다.

4살짜리 미정이는 아장아장 걸어 다니며 온갖 재롱을 부렸는데 주인아주머니 품엔 갓난아기가 하나 있어서 아주머니한테는 사랑을 다 받지 못하고 있는 듯 보였다. 그런 아이가 왜 나를 잘 따랐을까. 그녀석이 날 좋아하는 통에 자연히 미경이와 가까워질 수 있는 계기가 되었다.

"짬춘!"

귀여운 꼬마 미정인 혀가 아직은 짧은 것일까. 삼촌 소리가 짬춘이란다.

"왜 그래?"

내가 미소를 보이며 다정하게 물었다.

"나, 쉬!"

미정이가 소변을 보려는 모양이다. 이젠 기저귀를 벗고 생활하는 어린 아기. 난 그 녀석을 마당 한쪽에 쪼그리고 앉아 뒤로 안아 들고 소변을 보게 했다.

"저 녀석이! 정말 웃겨."

초등학생쯤 된 여자아이가 황당하다는 표정이다. 미정이 언니다.

난 소변을 다 본 미정이 팬티를 입히고 얼른 안고 일어났다.

"짬춘!"

미정이가 날 불렀다.

"왜?"

내가 물었다.

"까까 사줘!"

미정이가 과자가 먹고 싶은 모양이다.

까까라는 말도 내가 가르쳐줬다.

"그래, 삼춘이 까까 사줄게!"

난 미정이를 데리고 500미터는 떨어진 동네 슈퍼로 향했다. 휘잉. 찬바람이 강하게 불었다. 난 아기가 추울까봐 바람막이 점퍼 속으로 미정이를 집어넣었다.

"안 춥지?"

내가 물었다.

점퍼와 내 가슴에 밀착되어 포근한 모양이다.

"따뜻해!"

미정이가 대답했다.

마치 아빠가 아기를 가슴속에 품고 가듯 난 그렇게 아기를 점퍼 속에 넣고 동네 슈퍼로 갔다.

"에고. 어서 완?"

슈퍼 할머니가 나와 아기를 번갈아보더니 물었다. 어디서 왔느냐고 묻는 것이다.

"저쪽 민박집에 놀러온 사람입니다. 이 아기는 미경이 동생이구요."

내가 말했다.

"……."

슈퍼 안방에서 할머니 한 분이 나오더니 날 유심히 살펴보기 시작했다. 난 당황했다. 혹시 날 아기 납치범으로 보는 건 아닐까. 왜 이렇게 날 보는 걸까.

"흠, 물질은 면하겠군!"

날 한참을 살펴보던 할머니가 혼잣말처럼 중얼거렸다.

"누가요?"

슈퍼 주인 할머니가 나를 살펴보던 할머니한테 물었다.

"누긴! 덕이네 큰딸이제!"

날 살펴보던 할머니 말이다.

"미경이가요?"

슈퍼 할머니는 영문을 모르겠다는 표정이었고. 나를 살펴보던 할머니는 다시 날 한번 살펴보더니 방으로 들어가 버렸다.

젠장 기분이 별로다. 무슨 말인지. 왜 날 뜯어보고 그래. 제기랄.

난 미정이에게 줄 과자와 음료수를 사서 들고 슈퍼를 나섰다. 미정이는 내 점퍼 속에서 과자 한 봉지를 뜯어 아삭아삭 먹고 있었다. 쪽. 녀석도 과자를 그냥 받아먹기는 미안했는지 나에게 뽀뽀를 해주는 것을 잊지 않았다.

"음료수를 먹으며 먹어야지, 체할라!"

난 미정이에게 음료수를 먹었다.

켁! 미정이가 사래가 들었는지 음료수를 먹다가 기침을 하며 조금 토했다.

우와. 내 속옷에 음료수를. 으으.

고내.

구멍이 숭숭 뚫린 화산석으로 옹기종기 밭 담장을 쌓아 골목길을 만들고 지상 10층 높이는 될 것 같은 바닷가 벼랑 위로 한참을 걸어가면 초가지붕을 새끼줄로 촘촘히 엮어 바람에 견디게 만든 집. 달랑 방 두 칸. 그 방 두 칸 중 하나는 집주인 3식구가 살고 방 하나를 민박으로 하룻밤 한 사람당 5천 원을 받았다.

1988년 한창 올림픽 열기가 뜨겁던 해. 5천 원이면 그런 바가지 요금이 없었다.

바다가 한눈에 내려다보이는 높은 벼랑 위에 있는 집은 오로지 제주도를 다 찾아봐도 그 초가집뿐이었다.

돈 많은 아버지 덕에 아까운 줄 모르고 3명 친구들 요금까지 모두 내가 부담했다. 하루에 2만 원씩. 벌써 1주일째. 14만 원이 민박 잠자리 값으로 나갔다. 그것뿐이 전부는 아니었다. 토종닭 그 질기고 질긴 닭고기가 뭐가 맛있다고 마리당 1만 원씩이나 주고 매일 한 마리씩은 친구들이 먹어 치웠다.

서울로 올라가는 전날 저녁엔 해삼이며 전복까지 아까운 줄 모르고 주인아주머니가 물질해서 잡아 온 해산물을 모조리 먹어 치웠다.

나는 아주머니에게 오늘 30만 원을 지불했다. 2일째 되는 날 미리 15만 원을 선지급했으니 이미 45만 원을 쓴 것이다.

"짬춘! 나두!"

미정이는 아침부터 나에게 매달렸다. 친구들과 제주도 여행을 나가는 나를 따라가겠다는 것이다. 난 민박집 주인아주머니를 바라보았다. 데리고 나가도 되느냐고 묻는 것이다.

이런! 민박집 주인아주머니는 오히려 나에게 데리고 나갈 수 있느냐고 묻는 표정이다.

"잘 데리고 다니다가 올게요!"

난 민박집 주인아주머니에게 걱정을 말라는 투로 말했다.

민박집 주인아주머니는 미소로 답했다.

미정이를 데리고 놀러간 곳은 용머리해안과 주상절리대였다. 어린 미정이가 좋아할 만한 장소는 아니었기에 마침 말 타기 놀이기구를 끌고 다니는 노인이 있어서 1시간가량 놀이기구를 태워줬다.

기념사진도 찍었다. 즉석 사진이다. 어린 미정이를 안고 한 장, 볼에 뽀뽀를 하면서 한 장, 점퍼 속에 넣고 얼굴만 보이게 해서 한 장. 3장의 사진. 어린 미정이와 나의 추억은 그렇게 만들어졌다.

사진 2장은 미정이를 줬다. 마치 사진을 아는지 미정이는 그 사진을 품속에 소중히 넣었다

난 미정이를 안고 찍은 사진만 지갑에 넣었다.

다음날은 자전거를 태워줬다.

"아빠!"

잘못 들은 걸까. 미정이가 날 그렇게 불렀다.

"아빠라 그랬니?"

난 미소를 지으며 물었다.

미정이가 고개를 끄떡거렸다. 초롱초롱한 눈으로 날 쳐다보며.

어찌해야 하나! 아빠가 아니라고 해야 하는데 차마 말을 할 수 없었다.

"아빠!"

미정이는 다시 날 아빠라 불렀다.

"응? 왜 그래? 미정아!"

난 그렇게 아빠가 되어 버렸다.

그날 저녁, 미정이 아빠가 되어버린 그날 밤.

여섯 물이란다. 바닷물이 밀려가는 밀물 시간대를 말하는 것이다. 오늘이 보름날이다. 달빛이 무척 밝았다.

철썩 철썩 발아래 파도가 넘실대는 갯바위.

진미경은 나에게 할 말이 있다고 그곳으로 데리고 나갔다.

"그래! 할 말이 뭔데?"

나는 넓은 바위에 앉아서 그녀가 따라주는 한라산 소주를 한 잔 마시고 해녀 엄마 몰래 갖고 온 전복 회를 한 점 손가락으로 들어 초고추장을 푹 찍어서 먹으며 물었다.

"우선 소주부터 한 잔 마시고 이야기하면 안 돼?"

그녀는 급할 것이 없다는 투다.

그녀는 나에게 손을 내밀었다. 그녀 손엔 종이컵이 들려 있었다. 소주를 한 잔 따라 달라는 것이다. 난 그녀에게 소주를 한 잔 따라

주었다. 쭉 소리가 나도록 그녀는 빠르게 소주잔을 비웠다. 그녀는

그 소주잔에 소주를 가득 따라서 내게 내밀었다. 나보고 한 잔 마

시라는 뜻이다. 난 천천히 그 술잔을 받아 마셨다.

"이제 이야기해봐! 할 이야기가 뭔데?"

나는 그녀가 하려는 이야기가 뭔지 궁금했다. 혹시 나와 결혼을

하자는 것은 아니겠지. 어젯밤 처음 키스를 했다고 결혼 이야기를

꺼내지는 않을 그녀라 생각했다.

"그냥 술이나 더 마시고 이야기하면 안 돼? 오빠!"

그녀는 소주를 손수 따라서 단번에 들이켰다.

"네가 J대 3학년이라고?"

나는 화제를 다른 곳으로 돌렸다. 그녀가 하려는 말이 꽤나 꺼내

기 힘든 것 같아서 다른 이야기부터 하려는 생각에서였다

"응, 오빠!"

그녀는 초롱초롱한 눈망울을 크게 뜨며 날 바라보았다. 왜 그러

느냐고 묻는 표정이다.

"무슨 과야?"

난 아직도 그녀가 말하지 않은 것을 하나씩 묻고자 했다.

"응, 가정학과!"

그녀는 뭔가 잠시 생각하는 듯하더니 그렇게 말했다. 그녀는 몸

시 취했다. 얼굴이 발그레해지고 혀가 꼬이기 시작했다.

나도 취기가 돌았다. 소주 세 병 정도는 반주감이라 자부했는데 이제 두병을 그녀와 같이 마셨는데 취기가 올랐다.

"난, 남자하고 이렇게 술을 마시는 것이 처음이야!"

그녀는 혀가 꼬부라진 발음으로 그렇게 말을 시작했다.

이제 나에게 하려는 말을 시작하려는 모양이다, 라고 생각을 한 나는 조용히 그녀 말만 듣기 시작했다.

"오빠하고 어제 키스를 한 것도 난 처음이란 말이야! 알아?"

그녀는 마치 술주정을 부리듯 나에게 말했다.

"난 아직까지 한 번도 남자하고 술을 먹거나 키스를 한 적이 없어! 오빠가 내 첫 남자란 이야기야!"

그녀에게 내가 첫 남자란 이야기를 들으며 난 묘한 감정에 젖어들었다. 술에 취해서인지 심장은 빠르게 고동치고 숨이 차서 호흡까지 크게 들릴 정도로 힘들게 쉬기 시작했다.

"젠장!"

그녀는 뭐가 화가 나는지 소주병을 집어던졌다.

난 그녀가 화가 무척 난 모양이라고 생각했는데 갑자기 그녀는 나에게 달려들었다.

두 손으로 내 목을 감싸고 키스를 퍼부었다.

"읍, 읍, 왜 그래?"

난 그녀의 입에서 벗어나며 물었다.

"나도 몰라! 오빠가 좋단 말이야!"

그녀는 더욱 두 팔에 힘을 주며 나에게 키스를 퍼부었다. 차츰 나도 그녀의 키스를 받아들이며 온 몸이 불덩어리처럼 달아오르기 시작했다. 훌렁, 그녀는 옷을 벗어 던졌다. 나는 그렇게 그녀와 첫 섹스를 하였다. 얼떨결에 당한 섹스라기보다 나도 원했다고 봐야 옳았다.

그러나 나의 환상처럼 첫 경험은 그리 달콤하지는 않았다. 술이 취한 탓도 있지만 내가 상상하던 만큼 짜릿한 쾌감도 없었다. 경험 있는 친구들이 늘 이야기하던 그런 느낌도 없었다. 그냥 어떻게 첫 경험을 했는지 모르게 치러진 섹스였다.

다음날 아침 일찍 쑥스러운 마음에 그녀 미경이 얼굴을 마주할 수 없어서 도망치듯 서울로 돌아가려고 민박집을 나섰다

"아빠!"

민박집을 부지런히 벗어나려는 내 등 뒤에서 미정이가 날 불렀다. 난 차마 그냥 갈 수가 없어서 뒤로 돌아서서 미정이를 안고 민박집에서 조금 떨어진 곳으로 갔다. 미경이가 혹시나 마주치지 않을까 염려가 되어 피한 것이다. 여자와의 관계가 처음인 나로서는

왠지 미경이를 다시 보기가 민망스러워 그랬다.

"아빠! 어딜 가?"

미정이가 물었다.

내가 떠나려는 것을 직감적으로 느낀 모양이다.

"아빠는 이제 서울로 가야 하거든. 미정이 보러 다시 올게!"

난 미정이를 꼭 안고 그렇게 말했으나 미정이 눈에선 눈물이 흘렀다.

기특한 녀석. 눈물은 흘려도 소리 내어 울지는 않았다.

"아빠! 꼭 와야 해!"

미정이가 눈물을 멈추며 초롱초롱한 눈으로 날 쳐다보고 말했다.

"그럼! 우리 미정이 보고 싶어서라도 꼭 올게!"

난 그렇게 미정이와 약속을 하였다. 그리고 미정이가 소중하게 품속에 간직한 사진 뒤 쪽에 내 핸드폰 번호를 적어줬다. 과자 사 먹으라고 3만 원을 품속에 넣어줬다.

두 눈에 눈물을 가득 담은 어린 미정이를 민박집으로 돌려보내고 난 급하게 그 자리를 떠났다.

서울로 올라온 나는 운전기사에게 한 가지 부탁을 했다. J대학 가정학과에 진미경에 대하여 조사를 해봐라! 그런 부탁이었다.

"J대학에 가정학과는 없다는데요? J대학에 진미경이란 이름의 학생도 없답니다!"

운전기사가 조사를 마치고 내게 보고를 한 내용이다.

제기랄! 그 애 뭐냐? 하나부터 전부 거짓말이잖아! 나만 당한건가? 숫총각 사냥꾼인가? 이런! 하하하.

세 여자

"햐! 저거 또 만나네!"

S대학 앞 횡단보도에서 나의 눈에 들어온 것은 김다희, 나를 벌레 보듯 하는 그녀. 말을 붙이기 어려워서 늘 머뭇거리던 나는 미경이와 첫 관계 이후 자신감이 생겼다. 나를 보기만 하면 징그럽다고 멀리 도망치던 그녀, 그런 그녀도 이젠 자신이 생겼다.

탁. 나의 손이 김다희 어깨를 툭 쳤다. 평소 같으면 전혀 하지 않던 행동이다.

"안녕! 다희야!"

나는 상냥하게 인사말도 했다.

멍. 다희는 항상 나에게 징그럽다느니 소름 끼친다고 온몸을 부르르 떨며 호들갑을 떨던 그녀가 뭘 잘못 보았나? 하는 표정으로 할 말을 잊고 나를 바라보기만 했다.

"왜? 내 얼굴에 뭐가 묻었냐?"

난 그녀가 왜 그렇게 말을 못하고 있는지 뻔히 알면서 시치미를 떼고 장난스럽게 물었다.

그녀는 내가 평소 전혀 하지 않던 행동을 하기 때문에 놀란 것이었다.

"오빠!"

다희는 한참이 지나서 겨우 나를 불렀다.

"몇 시에 끝나니?"

내가 이때다 싶어 물었다.

"응! 오늘은 오후 5시에 끝나!"

다희는 순순히 대답했다. 평소 같으면 그녀가 그렇게 대답을 할 리 없었다. 남이야 언제 끝나든 무슨 상관이야? 치근덕거리긴, 오빠한테 시간 낼 사람이나 찾아봐! 그렇게 말을 해야 옳았다.

"D레스토랑에서 기다릴게!"

나는 조금의 시간도 주지 않고 곧바로 말했다. 갑자기 나의 행동에 멍한 상태로 잘 대답하는 다희가 정신을 차리면 무슨 말을 할지 모르기 때문이다.

"알았어요!"

다희는 순순히 대답했다.

야호, 드디어 26살에 여자를 상대하는 방법을 깨우쳤다. 비록 이
제 왕초보로 걸음마를 배우는 과정이지만 처음 다희와 만나기로
약속을 받아낸 것이다.

하하하. 평소 그렇게 재미있고 웃다가 시간을 다 보내는 K 교수
의 강의도 전혀 내 귀엔 들리지 않았다. 오로지 다희와 저녁에 무
엇을 할까, 스케줄을 머릿속에 작성하는 데 하루가 지나갔다.

D레스토랑. 공주와 왕자들만 출입한다는 말이 나오듯 S대학 부
유층 아이들만 출입하는, 값이 청양고추처럼 매운 고급 레스토랑
이다. 항상 돈을 펑펑 쓰고 다니는 나도 D레스토랑은 처음이다.

제주도에서 진미경, 그녀를 만나고부터 처음으로 하는 일이 많
아졌다.

딱정벌레 같은 녀석들. 알록달록 치장만 하고 허세를 부리면 다
부유층 자녀들로 보이는가. 꼬질꼬질한 청바지에 얇은 반팔 하얀
셔츠 차림의 나를 마치 거지 보듯 한다. 어떤 남녀는 대놓고 한마
디 한다. 주제를 모르나봐, 여기가 어디라고 출입을 해!

젠장! 5시부터 다희를 기다린 나는 벌써 차디찬 얼음 냉커피만 4

잔째 마셨다. 6시가 지나고 7시가 다 되어 가는데 다희, 그 계집애
는 나타나지 않았다.

이런! 말괄량이 삐삐 같은 계집애. 감히 나에게 바람을…….

저것 봐! 괜히 쥐뿔도 없는 거지 녀석이 허세를 부리려고 들어왔
나 봐! 제일 싸구려 커피만 마시다가 가네. 허세를 부리면 누가 데
이트라도 신청할까. 떡줄 사람은 아무도 없는데 김칫국 마신다더
니…….킬킬킬.

그딴 소리를 들으며 나는 D레스토랑에서 나와야 했다.

우라질, 내일 요 계집애 만나기만 하면 콱. 핸드폰은 왜 꺼놓고.
다희는 고의적으로 나에게 엿 먹어라 그런 것이다. 화가 나서 미칠
것 같았다.

파전 집에 들어가서 동동주를 혼자서 벌컥벌컥 마시고 있는데,

"이게 누구야? 아까 D레스토랑에서 커피만 마시던 그 친구 아
니야?"

어떤 녀석이 나에게 시비를 걸었다.

힐끗 고개를 돌려보니 안면이 있는 녀석이다. K대학 박변호. 이
름 그대로 법대 4학년생이다. 한참 후배 녀석이다.

"어린 녀석이 선배가 술 마시는데 떠들지 말고 주둥이 닥치고 꺼
져라!"

화가 난 나의 입에서 고운 말이 나갈 리 없었다.

"뭐? 선배? 푸하하. 네가?"

박변호 녀석, 법대나 성실히 다니다가 이름 그대로 변호사나 되던가 해야지, 아무한테나 시비 걸어서 전과자 되고 싶은 모양이다

"맞아. 저 선배 S대학원생이야!"

박변호 녀석 팔에 매달려 있던 여자 아이가 나를 알아봤다. 누굴까. 전혀 기억에 없다.

"뭐? S대학원생? 지랄!"

박변호 녀석 팔에 매달려 있던 여자 친구를 뒤로 물러나게 하더니 나에게 뚜벅뚜벅 걸어왔다. 녀석이 등 뒤로 다가오자 나의 뒤통수가 갑자기 화끈하게 열이 올랐다. 녀석이 손바닥으로 내 뒤통수를 친 것이다.

"나도 1년 꿇었거든? 그러니 인마! 선배는 개 코! 지랄 말고. 너 같은 거지새끼가 여기 올 곳이 못 되거든? 여기 파전 값도 커피 값보단 비싸. 그냥 네가 꺼져라!"

박변호 녀석, 입에 구정물을 물고 다니는 모양이다. 악취가 확 풍겼다.

"젊은 사람이 술이 취했으면 그냥 집에 가서 잠이나 자라! 매를 벌지 말고."

장 기사가 나를 지켜보고 있었던 모양이다.

"너! 당신은 누구요?"

박변호가 멱살을 잡힌 채 장 기사한테 물었다.

나이가 많은 것을 본 박변호는 반말을 못하고 존칭을 사용했다.

"난 저분의 운전기사야!"

장 기사가 박변호 멱살을 잡은 채 파전 집 문밖으로 질질 끌고 나갔다.

"기사?"

박변호는 밖으로 끌려 나가며 여자 친구를 바라보며 물었다. 박변호의 여자 친구는 나의 기사는 모르는 모양이다. 그렇다면 누군가 내가 대학원생이란 것만 가르쳐 준 모양이다.

이런! 우라질. 다희 그 계집애한테 무려 8번이나 전화를 했지만 핸드폰을 계속 꺼놓았다.

술도 한잔 마셨겠다, 집으로 돌아온 나는 바로 잠이 들고 말았다.

다음날 그녀는 학교에 나오지 않았다. 하루 종일 보이지 않았다.

오후 늦게 친구들이 만나자고 연락이 왔다. 쥐뿔도 없는 것들이 만나자는 장소는 화려하다. 보나마나 나에게 바가지 씌우려는 것일 테니까 난 지갑을 차에 놔두고 장 기사보고 멀리서 기다리라고 했다.

삼성동. H장어 집. 민물장어 집이다.

친구 녀석들이 양식 장어를 먹으려고 나를 그곳에 부른 것이 아닐 것이다. 어디서 자연산 장어가 나왔다느니 뭐니 하면서 팔뚝만한 자연산 장어를 한 놈이 2kg씩은 먹을 테니까 친구 3명과 나, 두 관은 먹어야 끝날 저녁 식사다.

1kg에 아마도 큰 것은 50만 원씩은 갈 것이다. 어디 녀석들 오늘 바가지 한번 써 봐라. 나는 친구들을 혼내줄 생각이었다. 친구들은 이런 생각을 하는 것을 꿈에도 모를 것이다. 평소에 한 번도 그런 일이 없었으니까. 그런데 생각만 했을 뿐 실천이 어렵게 됐다.

"선배!"

누군가 나를 불렀기 때문이다. 돌아보니 안면이 있는 여자다. 박변호의 여자 친구, 바로 그 여자다.

"나를 불렀나?"

내가 물었다.

"네! 저, 저녁 좀 사주시면 안 돼요?"

여자 아이가 먼저 나에게 작업을 시작한 것 같다. 내 생전 처음 있는 일이다.

"저녁이야 얼마든지 사주지만, 이름도 모르는데?"

나는 그 여자 아이에게 이름을 물었다

"이소진이에요! Y대학 3학년이고요!"

그 여자 아이 이소진이 상큼하게 미소를 지었다.

호오, 그러고 보니 꽤 미인이다. 귀엽게 생겼고.

"난 지금 친구들과 장어구이 먹으러 가는데 같이 갈까?"

난 이미 약속을 했기 때문에 이소진을 데리고 갈 수밖에 없었다. 물론 이런 저런 거짓말로 둘러대면 그만이지만 난 전혀 그런 성격이 아니었다.

"좋아요! 선배 친구 분들께 저를 뭐라고 소개하실 건데요?"

이소진이 살짝 눈웃음을 치며 물었다.

"흠! 뭐라고 소개할까?"

나는 이소진의 의견을 물었다.

"여자 친구."

이소진은 그렇게 대답했다.

그래. 아무려면 어때. 친구 녀석들, 놀라겠는걸.

친구들과 장어구이에 술을 너무 많이 마신 탓일까. 정신없이 보낸 밤. 아침이 돼서야 난 이소진과 모텔에 들어가 잤다는 것을 알았다. 내가 왜 이러지. 미경이와 관계를 맺은 후 너무 여자에게 자신감이 생긴 탓일까.

"선배!"

누군가 등 뒤에서 부르는 소리에 돌아보니 김다희였다.

"너!"

난 화를 내려다가 다희 얼굴이 무척 수척해진 것을 보고 입을 다물었다.

"어디 아팠구나? 다쳤니?"

난 다희가 한쪽 다리를 약간 절름거리는 것을 보고 물었다.

"네! 지난번엔 죄송했어요. 교수님한테 붙들려 선배님과 만나기로 한 시간이 너무 늦어서 뛰어가다가 다리를 삐었어요."

다희가 살짝 얼굴을 붉히며 말했다.

"저런! 많이 다친 모양이구나?"

난 진심으로 걱정이 돼서 물었다.

"아니에요! 이젠 걸을 만해요. 그날 약속을 못 지켜서 정말 죄송해요."

다희가 다시 나에게 사과했다.

"아니다. 그럴 수도 있지 뭐."

난 다희에게 미소를 지어 보이며 말했다. 정말 미안해하는 다희

마음을 조금이라도 다독거려 주려고 하는 말이다.

"대신 오늘 저녁 사주세요. 저 4시에 강의 끝나요."

다희가 말했다.

"그래? 알았다. 맛있는 걸로 사줄게. 그때 그 장소에서 기다릴
게."

난 다희와 다시 약속을 했다.

오늘은 맛있는 걸로 사주려고 마음을 먹었다.

"안녕하세요?"

오후. 김다희와 만나기로 한 약속 장소로 가던 나에게 누군가 아
는 척했다. 어디선가 본 듯한 여인. 키가 크고 S라인 몸매에 서글
서글한 눈매의 미녀였다. 어디서 봤을까. 아무리 생각해봐도 기억
이 떠오르지 않았다.

"네! 안녕하세요?"

난 기억을 더듬으며 인사를 받았다.

"시간 있으세요?"

그녀가 나에게 시간이 있느냐고 묻는다. 물론 시간이 조금 남아
있었다. 오후 3시가 조금 넘었기 때문에 다희와 만나기로 한 약속
시간은 아직 여유가 있었다.

"약 30분 정도라면."

난 조건부 시간을 내주겠다는 답을 했다.

"타세요!"

그녀가 나에게 차를 타라고 했다. 도로변에 세워진 붉은색 고급 승용차의 조수석 문을 그녀가 열어줬다. 난 아직도 그녀가 누군지 기억이 잘 나질 않아서 잠시 머뭇거리다가 그냥 차를 탔다

나를 태운 그녀는 운전을 손수 하며 서울 외각으로 나가기 시작하였다.

30분이라 했는데 이미 20분은 지나고 있었다. 나는 시간이 없다고 말하려다가 다시 참았다. 그녀가 나에게 미소를 지어 보였기 때문이랄까. 그녀의 환한 미소에 잠시 매력을 느꼈다고 할까.

그녀가 나를 데리고 간 곳은 일산이었다.

이미 30분이 지나고 다희와 만나기로 한 약속 시간은 이미 지났다.

"누구와 약속이 있으신 것은 아니시죠?"

그녀가 일산에 위치한 P공원에 도착한 후 차에서 내리며 나에게 물었다.

"아, 네. 후배와 만나기로 했는데 이미 시간이 지났군요."

난 언제나 솔직한 것을 좋아한다. 그래서 솔직하게 대답했다.

"저런! 어서 전화해 주세요. 바쁜 리포트를 쓸 장소에 오느라고 오늘 약속을 못 지키겠다고."

그녀는 나에게 거짓말까지 친절히 가르쳐 주었다. 하지만 아직 난 다희 전화번호를 모른다.

생각 끝에 D레스토랑 전화번호가 기억나서 그곳으로 전화를 해봤다. 아직 다희가 나타나지 않은 모양이다. 5시에도 6시에도 그녀와 공원에서 꽃을 구경하며 수시로 전화를 했지만 다희는 D레스토랑에 나타나지 않았다. 이런, 또 내가 약속을 지키지 않은 것이 아니라 다희가 약속을 지키지 않았다. 젠장!

아직도 그녀가 누군지 기억이 나질 않는 나는 그녀가 하자는 대로 따라다니며 같이 저녁도 먹고 술도 한 잔 마셨다.

그리고 극장에 들어가서야 그녀가 누군지 기억이 났다. Z여고 퀸, 황지미. V쇼핑 전속모델. 바로 그녀였다.

그녀와 난 동대문 운동장에서 열린 전국 황금사자기 고교 야구 대회를 보러 갔다.

오징어를 무척 좋아하는 난 주머니에 있는 돈을 전부 털어서 오징어 한 축을 사서 모조리 구워가지고 야구장에 들어갔다. 물론 내가 졸업한 모교인 Y고등학교를 응원하기 위함이었으나 난 홀로 외야석에 앉아 있었다.

조용히 경기만 감상하려던 나에게 그녀가 말을 걸어왔다.

"S대 오장진이시죠?"

"넵!"

나의 이름을 아는 그녀가 신기하고 너무 예뻐서 난 얼른 대답했다.

"전 Z여고 황지미예요!"

그녀가 자신을 소개했다.

황지미. 이미 고교시절부터 전해들은 이야기, Z여고 퀸 황지미, 그녀는 모델로도 유명했다.

그렇게 그녀는 나에게 말을 걸어왔고 난 그녀와 같이 야구 경기를 감상하며 친분을 쌓았다.

그러나 우리의 친분은 그날로 끝났다. 야구 경기가 끝나고 그녀가 나에게 저녁을 같이 먹자고 해서.

F한식집. 장충동에서 가장 유명한 음식점. 그 비싼 음식점에서 저녁을 같이 먹는 것까지는 좋았는데 술을 한 잔 하자는 말에 늘 모범생이었던 난 거절을 했고 그녀는 실망의 눈초리를 보내며 나에게서 떠나갔다. 그런 그녀가 5년이 지난 지금 나에게 나타난 것이었다.

"벌써 5년은 흘렀군요! 그동안 잘 지냈어요?"

기억이 난 나는 그녀에게 상투적인 인사말로 대화를 시작했다.

"어머! 이제야 기억이 나신 모양이군요?"

그녀는 어떻게 알았을까. 내가 기억이 나지 않아서 계속 기억을 더듬는 모습을 봤다는 이야긴데…….

"아! 네!"

난 변명을 하고 싶지는 않았다.

"호호. 역시 아직도 범생 티가 나는군요! 가끔은 거짓말도 할 줄 알아야 하고, 술도 한 잔 하시고 삐뚤어질 때도 있어야죠. 안 그래요?"

그녀는 극장 옆자리에 앉은 채로 나의 손을 살짝 잡으며 말을 했다.

후끈. 가슴이 콩콩 뛰었다 .난 그녀의 스킨십에 얼굴까지 발그레 해졌다.

"그, 그런가요?"

난 말까지 더듬었다.

"아직도 여자 친구가 없는 모양이군요?"

그녀가 내 얼굴을 빤히 들여다보며 물었다. 그녀의 하얀 치아가 내 눈앞에 어른거렸다. 촉촉한 입술이 희미한 불빛에 반짝거렸다. 상큼한 향수 냄새가 나의 코를 자극했다.

"그, 그걸, 어, 어떻게?"

난 말까지 더듬거리며 물었다.

"호호호."

그녀는 환하게 웃더니 그녀의 입술이 내 눈앞에 점점 커졌다.

"읍!"

그녀의 입술이 내 입술을 덮친 것이다.

난 그녀가 하는 대로 가만히 있었다. 거절할 생각도 없었고 그녀가 그렇게 키스를 해주길 은근히 바랐던 모양이다. 허전한 마음이 들었다. 그녀의 키스는 짧게 끝났다. 난 아쉬움에 그녀를 바라보았다. 그녀는 나의 눈을 바라보며 반짝 이채를 띠었다.

극장을 나온 그녀와 난 다시 그녀의 차를 탔다. 이제 그녀가 나를 데리고 갈 곳은 아마도 그녀의 자취방이나 아니면 모텔, 호텔. 난 그런 생각을 하며 조용히 차에서 눈을 감고 휴식을 취했다. 그리고 깜빡 잠이 들었었나. 술기운 때문일까. 시간이 얼마나 흘렀는지 몰랐다. 잠깐 동안 모든 것을 잊고 있었다.

"잘 가! 오늘 즐거웠어!"

그녀가 인사를 하는 말에 화들짝 정신을 차린 나는 차창 밖을 내다보았다.

"여긴……."

그렇다. 그녀가 나를 태우고 간 곳, D레스토랑 근처였다.

"그래. 나도 즐거웠어. 조심해서 가."

나는 그녀에게 이별 인사를 하고 차에서 내렸다.

"오늘은 촬영 때문에 가봐야 해. 내일 연락할게!"

그녀가 차에서 내려서 나에게 다가와 나의 입술에 살짝 입맞춤을 해주며 말했다.

"응!"

마치 말 잘 듣는 어린아이처럼 난 그렇게 대답했다.

그녀가 떠나고 나는 왠지 허전함이 밀려왔다. 젠장, 어딜 가야 하나. 이 시간에 집에 가서 잠이나 자야 하나. 잠시 두리번거리던 나의 눈에 간판 하나가 들어왔다. D레스토랑.

"그래! 들어가서 커피나 한 잔 마시고 가자!"

난 그렇게 생각하며 D레스토랑에 들어갔다. 늦은 밤인데도 많은 사람들이 자리를 차지하고 앉아 있었다.

"어머! 저 거지 같은 사람 또 왔네!"

누군가 나를 보고 비아냥거리는 소리가 들렸다. 고개를 살짝 틀어보니 긴 생머리의 처음 보는 계집애다.

제기랄! 처음 보는 계집애가 왜 나에게 시비지?

그 계집애를 살짝 스쳐보며 구석진 자리를 찾던 나는 두 눈이 반짝 빛났다.

열대어 수족관이 반쯤 가린 구석진 좌석에서 혼자서 차를 마시는 여자. 녹색 줄무늬 상의를 입은 모습이 마치 어느 회사 여직원 같은 차림의 여자. 바로 그녀였다. 녹색 줄무늬 상의. K푸드 사원 복장. 김다희. 오늘도 약속 시간을 지키지 못한 그녀.

왜 이 시간까지 이곳에 있을까?

난 그녀에게 다가갔다.

"……!"

그녀가 나를 발견하고 조금 놀란 표정을 지었다.

"선배!"

반가운 표정인가. 그녀의 표정은 좀 묘했다. 의외라는 표정 같기도 하고 기다렸다는 표정 같기도 했다.

"왜 이 시간에?"

나는 그녀 앞자리에 앉으며 물었다.

이 시간에 왜 여기에 있느냐고 물은 것인데,

"선배! 아직도 절 기다리신 건가요?"

그녀가 나를 반갑게 맞이하는 표정은 바로 그것인가 보다. 내가 아직도 그녀를 기다려 줬다는 고마움의 표시, 아니면 감격의 표정.

"으, 응!"

난 긍정도 부정도 않고 묘한 대답으로 마무리했다.

"오늘은 왜 늦었어?"

난 그녀가 늦게 약속 장소에 나타났다고 믿고 그렇게 물었다.

"방학 동안 K푸드에서 일하기로 했거든요. 그래서 면접이 갑자기 정해져서⋯⋯."

그녀가 미안한 표정으로 나에게 말했다.

사실은 나도 안 나왔어, 라고 말하고 싶었지만 꾹 참았다.

"K푸드? 아하 네 전공이 영양학이지?"

내가 물었다.

"네. 졸업 후 K푸드에 취직이 정해졌거든요."

그녀는 이미 K푸드 영양사로 취직이 된 상태였다.

"선배는 왜 외교관이 되려고 하세요?"

다희가 물었다.

"응, 가보고 싶은 곳이 있어서."

사실 난 꼭 가보고 싶은 곳이 있었다.

"어느 나라인데요?"

다희가 물었다.

"중국!"

내가 말했다.

"네에? 거긴 왜요?"

다희가 호기심 어린 눈으로 물었지만 난 그 이야기를 할 수 없었다. 이유를 말할 수 없는 것이다. 아버지의 뜻이니까.

"그런 일이 있어. 그보다 넌 요즘 왜 나에게 고분고분하지? 혹시……?"

난 그렇게 화제를 다른 곳으로 돌렸다.

"픕!"

다희는 입을 가리고 웃었다.

"……?"

난 그녀가 말하길 기다렸다.

"선배와 가까워지려고 괜히 투정도 부리고 못되게 굴었는데 모르셨어요?"

다희가 나와 친해지려고 그랬단다.

난 그녀의 대답에 잠시 멍해져 있었다.

"선배는 선배가 얼마나 멋지고 여자들에게 인기 짱인지 모르죠?"

다희가 입가에 뜻 모를 미소를 지으며 물었다.

"무슨 말이야?"

난 다희에게 급히 물었다.

"선배는 바보예요! 봐요. 돈 많죠, 잘 생겼죠, 바람둥이 아니죠, 연애도 안하고 범생이죠. 세상에 이런 남자가 어디 있어요? 그러니까 선배는 선배만 모르는 것이죠. 다들 관심이 많거든요. 특히 여자들은."

다희가 얼굴에 홍조를 띠며 말했다.

술을 한 잔 마셨나? 그녀 얼굴은 발그레한 것이 더욱 귀여워 보였다.

"정말? 그럼 너도 내가 좋다는 것?"

난 얼른 다희의 속마음을 물어봤다. 그러나 아차 싶었다. 남자가 여자한테 그런 걸 그렇게 물어보는 것이 실례 같았기 때문이다.

"저거 봐! 조금 띄워주니까. 선배는 역시 멍청해. 풉!"

그녀가 다시 입을 가리고 웃었다.

"우리 나가서 청계천이나 거닐까?"

내가 다희에게 물었다.

"술이나 한잔 사줘! 응?"

다희가 말했다.

"알았다! 가자. 나도 한잔 마시고 싶었다."

난 다희와 D레스토랑을 나섰다. 물론 계산은 내가 하는 것을 잊지 않았다.

"데이트는 포장마차가 좋다던데……."

그녀는 내 팔에 팔짱을 끼고 청계천 물가를 거닐며 말했다.

"하하. 녀석 소박하긴. 그래 알았다."

난 이곳저곳 찾다가 조금은 깔끔한 포장마차를 발견하고 다희와 함께 그곳으로 향했다.

"어서 오세요."

젊은 아주머니가 나와 다희를 반갑게 맞이하고 있었다.

포장마차에는 한 쌍의 남녀가 술을 마시고 있었다. 나이가 이미 20대 후반 같았다. 익을 대로 익은 연인 사이 아니면 부부사이 같았다.

"어, 너!"

그런데 그 다정해 보이는 남녀 중 남자가 나에게 아는 체를 하는 것이 아닌가. 난 전혀 기억이 없는 사람이다. 술이 취해서 사람을 잘못 본 것인가?

"누구십니까?"

난 아무리 기억해도 처음 보는 얼굴인 그 남자에게 공손히 물었다.

"이런! 난 한눈에 널 알아보겠는데. 나 최태수야. 최민희 오빠."

남자는 미소를 지으며 일어서더니 나에게 손을 내밀었다. 반갑다는 악수라도 하자는 이야긴데.

"아!"

기억이 났다. 고교시절 난 동창생 여자아이를 무척 좋아했다. 최민희, 장래의 꿈이 의사라던 그 여자아이, 같은 학교 같은 학년 여자친구. 하루가 멀다고 우린 남들 눈을 피해 데이트를 즐겼다.

그러나 그 달콤했던 첫사랑 데이트는 겨우 3개월을 넘지 못했다. 이사를 가버린 것이다.

특히 그녀의 오빠 최태수가 철저히 방해를 하여 1달 가까이는 같은 학교에 있으면서도 만날 수가 없었다.

그러다가 최민희는 다른 동네로 말도 없이 이사를 했다. 학교도 전학을 가버렸다.

몇 년 후 겨우 들리는 소문으로 알게 된 이야기는 최민희 아버지가 큰 회사 사장님이라고 했다. 그래서 가난해 보이는 나를 최태수가 철저히 방해를 했다는 소문이었다. 물론 소문은 그냥 소문에 불과했다. 사실인지 알 수가 없기 때문이었다. 그런 최태수를 우연히 포장마차에서 만난 것이다.

"몰랐습니다. 반가워요."

난 몰라본 것에 대한 미안한 표정을 지으며 최태수의 손을 잡았다.

"아직도 나아진 게 없구나. 뭐하고 사니?"

최태수는 나의 위아래를 훑어보며 허름한 옷차림에 실망이라도 한 듯 불쌍하다는 표정으로 물었다.

"선배, 이분 누구세요?"

다희가 그런 최태수의 행동에 불쾌하다는 표정을 보이며 나에게 물었다.

"응, 고교 친구 오빠 되는 분이셔."

난 간단하게 최태수를 소개했다.

"안녕하세요? 전 S대 3학년 김다희라고 해요."

다희가 공손하게 인사를 하는 이유는 따로 있었다. 난 그녀가 최태수에게 공손한 인사를 하는 것을 보며 불안함이 온몸으로 엄습했다. 다희가 본격적으로 상대방을 혼내려고 할 땐 처음은 그렇게 공손하다는 것이다. 아니나 다를까. 다희의 본격적인 공격이 시작됐다.

"아저씨가 누군지 전 그런 건 모르겠는데요, 아무리 잘난 아저씨라 해도 S대학원 최고 킹카 선배님을 그렇게 내리까는 것은 볼 수가 없군요."

다희가 시작을 해놓고 잠시 최태수의 눈을 무섭게 노려보며 숨을 고르고 있었다.

"아저씨?"

최태수가 다희의 돌발적인 공격에 당황했는지 자신을 아저씨라 부른 것만 못마땅하다는 듯 되묻고 있을 뿐이었다.

"우리 선배가 검소해서 아저씨 눈엔 거지처럼 보일지 몰라도 그러는 게 아니에요. 마치 거지라도 바라보는 듯한 눈과 말투. 듣기가 거북하네요. 당장 사과해요."

다희의 공격이 본격 궤도에 올랐다.

"그, 그게……."

최태수가 이젠 말까지 더듬거리는 것을 보니 이미 기선은 다희에게 제압된 상태로 봐야할 것 같다.

"왜요? 쥐뿔도 없는 아저씨가 잘난 것도 없는 아저씨가 우리 선배에게 잘못은 했어도 사과는 못하겠단 말인가요?"

다희가 다그치듯 최태수를 몰아붙였다.

"저기요!"

앉아서 바라만 보던 최태수와 같이 있던 여자가 벌떡 일어서서 다희를 불렀다. 참다 참다 더 이상 못 참고 일어선 모습이다.

"왜요? 남자친구가 저질스럽게 선배를 모욕하고 사과를 못 하니까 댁이 대신 하시려고요?"

다희가 날파리 쫓듯 휙 한 번 바라보고 한마디 던지며 더 볼 것도 없다는 듯 최태수에게 다시 두 눈을 고정하면서 어서 사과하라는 듯한 표정을 지었다.

"허 참!"

최태수가 입만 벌리고 할 말을 잊어버린 표정이다.

당당하게 일어서던 최태수 여자 친구는 멀쑥한 표정으로 슬그머니 앉아버렸다.

다희가 1회전은 KO승을 한 것 같았다.

"다희야!"

난 다희에게 그만 하라는 뜻을 전하는 의미로 불렀다.

"선배는 바보야? 그런 모욕적인 말을 듣고도 가만있게? 내가 남자라면 벌써 주먹이 날아갔다. 어서 사과하지 않고 뭐해요?"

다희는 나에게도 핀잔을 주며 최태수에게 마지막 경고를 보냈다. 만약 최태수가 마지막 경고도 무시하고 사과를 안 하면 다희의 2회전 공격이 시작될 판이다.

"미안하다. 내가 실수했어."

그 교만하기만 하던 최태수가 얼른 사과를 해버렸다.

아쉽게도 다희의 2회전은 시작되지 못했다.

"형의 성격인데 이해합니다. 하하."

난 웃고 말았다. 최태수가 사과를 해서 통쾌해서 웃은 것은 아니다. 다희의 불같은 성격이 재미있어서 웃은 것이다.

"바보!"

다희는 어김없이 내게 그 한마디를 던졌다.

'연락주세요.'

최태수가 포장마차에서 떠날 때 최태수 여자 친구는 내게 최태
수 몰래 그런 쪽지를 전하고 갔다. 전화번호와 함께. 무슨 뜻인지.

첫사랑 최민희

혼자만의 들뜬 생각에 다음날 저녁, 난 최태수의 여자 친구에게 전화를 걸었다.

"여보세요. 어제 포장마차에서 만난 사람입니다!"

나는 기대를 잔뜩 하고 떨리는 목소리로 말했다

"잠시만."

그런데 최태수의 여자 친구는 그 한마디를 하고는 전화를 끊어 버렸다.

젠장. 전화를 받을 수 없는 위치에 있는 모양이다. 최태수랑 같이 뭔 짓 하는데 전화를 한 것은 아닌지. 다시 전화를 할까 하다가 말았다. 편한 위치에 있을 때 전화를 하겠지. 그런 마음에 기다리기로 했다.

유명 소녀그룹의 최신 노랫소리가 들리면 그건 내 핸드폰 벨소리다.

샤워를 끝내고 막 잠자리에 들려는데 전화가 왔다. 그런데 못 보던 전화번호다. 잘못 온 것이겠지. 정중하게 잘못 왔다고 말해주려고 전화를 받았다.

"여보세요!"

뜻밖에 목소리가 아주 예쁜 여자 목소리였다.

"네! 오장진입니다!"

나는 여자 목소리라는 것에 호기심을 갖고 최대한 씩씩한 목소리로 전화를 받았다.

"나야! 민희, 최민희."

여자 목소리는 바로 그녀였다. 최민희, 최태수 동생, 나의 고교 시절 첫사랑.

"어! 그래! 민희야, 반가워!"

난 정말 반가웠다.

최태수 여자 친구가 전화를 해달라고 쪽지를 준 것은 나의 전화번호를 알아내어 민희에게 알려주기 위한 것이었다. 민희가 나에 대하여 늘 이야기를 했다고 한다.

아무튼 이미 달구어진 불덩어리처럼 나와 민희는 만날 장소부터 약속을 하고 난 자자려던 생각을 취소하고 늦은 밤 뛰어나갔다. 첫사랑 민희를 만나기 위해서.

민희가 만나자는 장소는 나의 집에선 멀었다. 나의 집은 한강 남쪽에 있는 방배동이었으며 그녀가 만나자는 약속 장소는 최태수를 만났던 청계천 근처 신당동이었다. 그렇다면 그녀 집이 그 근처란 이야기다.

내가 살아오면서 외식을 즐겨했지만 가장 먹기 싫은 것이 바로 족발이다. 그런데 그녀는 공교롭게도 족발집에서 만나자고 했다. 제기랄. 또 먹기 싫은 족발 냄새를 맡아야 할 판이다.

K족발집. 신당동에선 꽤나 유명한 족발집이란다. 한옥으로 된 큰 건물에 넓은 주차장까지 있는 제법 큰 식당이었다.

나는 저녁 10시가 조금 넘어서 K족발집에 도착했다. 늦은 시간인데도 손님들로 북적거리고 있었다.

207호. 예약된 룸이다. 물을 열고 룸으로 들어갔다. 10명은 앉을 수 있는 긴 식탁과 푹신한 소파가 앞에 놓여 있고 그 끝에 짧은 청치마에 노란 블라우스를 걸친 여자가 앉아 있었다.

"어서와!"

그녀는 나를 발견하고 얼른 일어서서 나에게 다가오며 말했다. 바로 최민희, 그녀였다. 하나도 변하지 않은 모습. 아직도 고교시절 그 모습 그대로였다.

귀에 간들간들 흔들리는 하얀색 하트모양의 귀걸이, 가느다란 금색 목걸이. 액세서리는 단 두 가지뿐이었는데 그 방면에 전문가 수준의 안목이 있는 내가 보기에 은으로 된 귀걸이와 금목걸이는 너무 싸구려 티가 났다. 회장님 딸이 이게 무슨. 너무 검소한 건가? 그렇다면 나와 비슷한 성격이란 건데.

덥석 잡은 그녀의 손은 가늘게 떨리고 있었다. 아직도 나를 좋아한다는 뜻일까. 나는 그녀가 정말 나를 좋아하는지 보려고 그녀의 눈을 똑바로 들여다보았다. 하하. 나도 이젠 여자를 좀 알게 됐나 보다.

"반갑다! 이게 몇 년 만이지?"

난 그녀를 바라보며 활짝 웃었다.

"18살 때 헤어졌으니 벌써 8년이 됐네."

그녀가 유난히 크고 검은 눈을 살짝 감았다가 뜨며 말했다. 그녀의 버릇이다. 아직도 날 좋아한다는 뜻도 된다. 그녀가 좋아한다는 뜻을 보낼 땐 늘 그렇게 두 눈을 동시에 감았다가 뜨는 버릇이 있었다.

아직도 날 좋아하고 있었군. 남자친구도 없었나? 뭘 하며 지냈지? 묻고 싶은 것도 많았다.

그녀와 난 무릎을 마주 대며 가까이 마주보고 앉아서 한동안 말 없이 손만 서로 잡고 있었다. 마음으로 이야기를 나누는 중이었다.

"너희 아빠 사업은 잘되고?"

한동안 서로 두 손만 마주잡고 바라보기만 하던 나는 가장 의문 나는 것을 물었다. 큰 회사의 사장님, 혹은 회장이 되어 있을 최민희 아빠가 뭔가 사업이 잘 안 되는 것 같다는 생각이 계속 들었기 때문이다.

"아빠는 벌써 5년 전에 하시던 사업이 부도나고 그 충격으로 돌아가셨어. 엄만 그때부터 몸져누우셔서 아직도 일어나지 못하시고."

첫사랑인 나한테 그렇게 바로 대답하기는 힘들었을 텐데 역시 최민희다. 숨기는 것을 모르는 성격이기 때문이다. 그렇게 말하는 최민희 눈가엔 반짝 눈물이 한 방울 맺히고 있었다.

"그랬구나! 너의 오빠에게서는 전혀 그런 느낌이 없고 잘나가는 것 같던데 왜 너만?"

최태수가 거들먹거리는 것을 비유해서 민희에게 묻는 말이었지만 실제 최태수는 모든 것을 명품으로 입고 씀씀이도 가난해 보이지 않았기 때문이기도 했다.

"오빠 아빠의 남은 재산이라도 물려받았잖아!"

민희가 씁쓸한 미소를 지으며 말했다.

"그게 무슨 말이야? 재산을 물려받으면 다 같이 물려받지. 오빠하고 같이 안 살아? 오빠가 결혼했구나? 그래서……."

나는 최태수가 결혼해서 그 재산을 혼자 갖고 갔다고 생각했다.

"오빠는 아직 연애 중이야. 결혼을 한 것은 나고."

민희가 말했다.

결혼을 한 것은 나다. 민희의 그 말은 나에게 커다란 충격을 줬다. 실망도 가져다 줬다. 난 한동안 할 말을 잊고 멍하니 민희만 바라보았다.

"왜? 내가 아직 미혼인 줄 알았구나? 내가 미혼이면? 아직도 날 사랑하니?"

민희가 내 얼굴을 빤히 바라보며 물었다. 마치 그 대답을 꼭 해주길 바라는 눈빛으로.

"남편은 뭐하고?"

난 대답 대신 질문을 던졌다.

"남편도 2년 전에 공사장에서 다쳐서 집에 누워 있어. 어머니하고 둘을 돌봐야 하므로 내가 좀 힘들어. 그렇게 보이지?"

민희가 숨김없이 다 털어놓고 씁쓸하게 미소를 지었다.

그렇게 당당해 보이던 그녀. 숨김없이 다 털어놓고 난 그녀의 눈에 눈물이 주르륵 흘렀다. 젠장. 여자의 눈물은 나를 약하게 만든단 말이야. 그것도 첫사랑 여인이라면 더욱 더.

"애기들은 아직 없어?"

그녀의 눈물을 보고 있으려니 고통스러워 화제를 돌렸다.

"응. 결혼 후 2개월 만에 그이가 사고를 당해서……."

그녀는 슬픈 표정을 감추지 못했다.

"남편은 직업이 없었나 보구나?"

난 그녀의 남편이 뭘 하는 사람이었는지 그것이 알고 싶어졌다

"사법고시 공부 중이었는데 돈을 번다고 공사장에 나갔다가 그만 3층에서 떨어지며 허리를 다쳤어."

그녀의 대답을 듣고 나는 괜히 그녀의 아픈 상처를 들추고 있다는 죄책감에 미안했다.

"너네 아빠 아직도 그 사업 계속하지?"

민희가 나에게 물었다. 민희는 알고 있었다. 나의 아버지가 사채업을 한다는 것을.

"그, 그래."

대답을 하면서 민희 표정을 살폈다. 민희가 생활이 어려워지자

나의 아버지에게 돈을 빌리고 싶은 모양이다. 민희 표정에서 나타나고 있었다.

"너희 아빠에게 돈을 좀 빌리면 안 될까? 안 되겠지? 담보도 없으니깐."

그녀가 스스로 묻고 스스로 답하며 실망스런 표정을 지었다.

"네 오빠는 결혼도 안 했다면서 엄마는 왜 네가?"

난 그것이 가장 의문이었다.

"오빠 애인이 꽤 잘나가는 집안의 딸이거든. 그래서 아픈 엄마가 안 보이는 게 오빠의 결혼을 돕는 것이라고."

그녀의 말을 들으니 대충 이해가 갔다. 최태수 이놈이 분명 자기가 결혼을 하려고 하는데 아픈 엄마가 방해가 되니 동생한테 떠맡기고 자신은 마치 혼자인 것처럼 애인 부모에게 허락을 받으려는 것 같았다

"돈이 얼마나 필요한데?"

난 민희가 딱해 보여서 나에게 있는 돈이라도 빌려 주려고 생각했다.

"응! 살림이 이렇다보니 빚이 늘어서 지금 갚을 돈만 8천만 원이야. 1억만 빌려주면 좋을 텐데. 안 될 거야. 그치?"

민희가 필요로 하는 돈은 내겐 없었다. 아버지가 주는 용돈은 흥

청망청 다 써서 겨우 모아둔 돈이라고는 몇백만 원에 불과했다

1억이란 돈을 민희에게 빌려 주려면 아빠에게 부탁해야 하는데 아빠는 절대 담보 없이 돈을 빌려주지 않는다. 이미 다른 곳으로 시집간, 나의 애인도 아닌 그녀에게 말이다.

"그렇게 많은 돈은 아빠에게 부탁을 해야 하는데 아빤 확실한 담보와 신용 없이는 안 될 거야."

난 그렇게 민희에게 말하면서 괜히 미안함에 그녀 얼굴을 마주볼 수가 없었다.

"어떻게 안 될까? 돈만 빌릴 수 있다면 뭐든 다 할 수 있는데. 한 번 너네 아빠에게 부탁 좀 드려봐. 응?"

민희는 정말 어려운 모양이다. 그렇게 첫사랑인 나에게 사정을 하니 말이다. 난 민희 사정이 딱해 보여서 안 될 줄 알면서 아빠에게 부탁해 보기로 했다.

첫사랑인 그녀, 그녀가 날 찾으려 한 것은 나를 사랑해서가 아니라 오직 돈을 빌리기 위한 것이었다.

다음날 그녀를 아빠에게 데리고 가겠다는 약속을 하고 집으로 돌아오는 난 무척 우울했다. 기대를 가졌던 첫사랑이었는데 겨우 돈을 빌리려는 그녀 생각 때문에 울고 싶어졌다.

미경이의 임신

굵은 빗방울이 후드득후드득 소리를 내며 떨어지고 있었다.

철썩, 철썩, 파도 소리가 들려오는 높은 벼랑 위에서 떨어지는 소나기를 고스란히 맞고 서 있는 여인이 있었다. 온통 얼굴엔 슬픔이 가득 차 있었다. 빗물이 흘러서 눈물인지는 알 수는 없으나 그녀는 지금 울고 있었다.

자살을 하려는 것일까. 그런데 그녀의 옷이 고교생 복장이 아닌가. 빗물이 흐르는 얼굴을 자세히 보니 아! 그녀는 진미경, 바로 그녀였다.

오장진에게 첫 순결을 바쳤다고 하던 그녀. J대학교 가정학과에 다닌다 하던 그녀. 그녀는 고등학생이었단 말인가. 그녀는 슬픈 얼굴로 잠시 지난 일을 회상하고 있었다.

3일 전부터 어머니는 그녀를 데리고 산부인과를 가자고 했다. 오장진과 하룻밤 섹스가 그녀에게 임신이란 것을 안겨준 것이다. 임신. 고등학교 이제 3학년.

그녀의 어머니에겐 청천벽력과 같은 충격이었다.

"이년아! 대학도 가고 그래야 하는데 누군지도 알지 못하는 놈의 애새끼를 낳으면 어떡해. 당장 떼버리자. 오늘 나하고 산부인과 가서 수술하고 오자. 당장."

어머니의 성화는 밤낮을 가리지 않았다.

그녀는 집에도 학교에도 갈 수가 없었다. 이미 학교에서도 알건 다 알아 버렸다. 그래도 믿는다고 단짝 친구인 아랫마을 끝순이에게 살짝 말했더니 이 계집애가 다 떠벌리고 다녔던 것이다. 빌어먹을 계집애. 진미경은 있는 욕을 다 퍼부었지만 이미 엎어진 물이다.

저기 발아래 30미터는 되는 낭떠러지. 한발만 앞으로 내딛으면 모든 걸 잊을 수 있는데 그렇게 하기는 싫었다. 그래도 자신이 사랑해서 함께한 그 사람의 씨앗이 뱃속에 있는데 그 아이마저 태어나지도 못하고 세상을 등지게 할 수는 없었다. 어디 멀리 도망이라도 가서 혼자 애기 낳고 살아야 하는가. 홀로된 어머니는 그냥 놔두고.

후드득, 휘잉. 철썩, 철썩. 비바람과 파도 소리는 여전한데 진미경은 발걸음을 돌리고 있었다. 죽으나 사나 집으로 가려는 것이다.

흑흑. 멀리서 진미경의 행동 하나하나를 다 지켜본 사람이 있었으니 바로 진미경의 어머니다. 지금 집으로 돌아가는 딸을 바라보며 울고 있었다.

"염병할 놈. 여행 와서 민박집에 들렀으면 잠이나 자고 놀다 갈 것이지, 남의 귀한 딸내미는 왜 건드리고 가. 후레자식 놈."

집으로 돌아가는 진미경을 바라보며 어머니는 딸을 그렇게 만든 이름도 모르는 남자에게 욕이란 욕은 모조리 꺼냈다.

"왜 우런?"

딸내미가 자살을 하려는 것으로 알았는데 마음을 고쳐먹고 집으로 가자, 신세를 한탄하며 울던 어머니 등 뒤에서 할머니 목소리가 들렸다. 왜 우느냐고 묻는 말이다.

"아! 고종 할망."

진미경 어머니는 등 뒤에 서 있는 할머니를 발견하고 반가워했다.

고 씨 종갓집 할머니라서 그렇게 부른다.

진미경 어머니가 반가워하는 것은 다른 이유가 있기 때문이다.

미래를 잘 맞히는 신통력이 있는 할머니로 이미 동네 사람이면 다 아는 사실이기 때문이다.

"미경이가 임신을 했다고?"

할머니는 진미경 어머니의 말을 듣고 확인하듯 다시 물었다.

"네!"

진미경 어머니는 얼른 대답하며 미경이 앞날 좀 봐달라고 졸랐다.

"걱정 마라! 기다리면 올 거다. 애기나 잘 기르고 있으면 반드시 올 테니 기다려라!"

할머니는 그렇게 확신하듯 말하며 진미경 어머니를 위로했다.

"그놈은 대체 누굽니까?"

진미경 어머니는 할머니에게 그렇게 물었고 할머니는 진미경의 천생배필이라고 했다.

"배필? 내 딸년의 배필이라고?"

진미경의 어머니는 그 고 씨 할머니의 말을 철썩 같이 믿었다. 왜냐하면 신통력이 있는 할머니이므로.

"할망 말대로 그래, 낳고 기르며 기다리자! 그놈이 온다 했으니 기다려!"

진미경 어머니는 미경에게 그렇게 말을 하며 얼마 남지 않은 고등학교를 중퇴시키고 헤어디자이너 학원에 다니도록 했다. 진미경은 고교를 3개월 남기고 중퇴를 하고 우선 운전면허 시험 준비를 하면서 제주 시내에 있는 미용학원에 나가기로 하였다. 배가 부르기 전에 우선 운전면허부터 따려는 생각에 열심히 학원에 다니며 실습위주로 공부를 했다.

다희

외무고시를 패스한 지 이미 2년째. 석사 학위와 박사 코스를 겨냥한 대학원인데 문제가 생겼다. 아버지의 특명이 떨어진 것이다. 한·중 교류가 한창인 때 중국에 외교관으로 나가 있으라는 것인데 아버지의 뜻은 다른 곳에 있었다. 중국에 진출하는 기업들 알맹이를 살펴보라는 것이다. 그것은 곧 돈을 빌려줘도 되는지 알아보라는 것이었다.

대학원 졸업을 두 달 남겨둔 상태에서부터 중국행을 준비하고 있었다.

다희. 그녀도 아마 그때부터라고 했다. 나를 따라가려고 중국행을 준비한 시기가.

중국행을 한 달 정도 남겨둔 늦은 가을, 11월. 큰 후박나무 잎들이 바람에 날려 하나 둘, 다 떨어지고 몇 잎 남아 있을 무렵이다.

핸드폰이 울리고 전화를 건 다희는 H전통찻집에서 만나자고 했다. 약속 시간은 좀 늦은 밤 9시 정각. 지금까지 늘 만나왔지만 이렇게 늦은 시간에 먼저 만나자고 하는 것은 처음이다.

한강변에서 땀이 나도록 운동을 하던 나는 다희의 전화를 받고 급히 집으로 돌아왔다. 얼른 샤워를 하고 옷을 갈아입고 나가야 하기 때문이다. 시간이 겨우 30분 남았다. 샤워를 마친 나는 얼른 옷을 갈아입고 뛰다시피 주차장으로 나갔다.

급할 땐 정신도 따라서 급하기만 한 것. 옷을 갈아입느라 자동차 키를 갖고 나오지 않았다. 그냥 택시를 타고 갔다. 기다렸다는 듯 집 앞에 지나가는 택시가 마침 있었던 것이다.

H전통찻집은 여의도 한강변에 있었다.

방배동에서 차가 밀리지 않는 시간이라 20분 만에 도착했다.

찻집으로 막 들어가려는데 다희를 찻집 앞에서 만났다.

"오빠!"

다희가 나를 부르며 쪼르르 달려와 두 팔로 허리를 감싸 안았다.

"다희 알바 끝나고 오는 모양이구나?"

난 다희의 몸에서 나는 햄버거 냄새를 맡았다.

"응! 짠돌이 사장님이 저녁도 안 주고 일만 시켰어. 배고파. 뭐
좀 사줘!"

다희가 내 오른팔에 두 손을 잡고 매달리며 아양을 떨었다.

"그래. 나도 아직 저녁 전이거든. 저 앞 선착장에서 피자 파는데
맛이 그럭저럭 먹을 만하더라."

난 고교 시절 최민희와 간혹 갔던 피자집의 피자 맛이 생각나서
말했다.

"뭐야! 하루 종일 햄버거와 피자냄새에 찌든 날보고 피자를 먹자
고?"

다희가 어이가 없다는 표정으로 나에게 물었다.

"이, 이런. 그렇지. 미안!"

난 정말 대책 없는 남자다. 데이트하는 여자 생각은 전혀 안 하
는 모양이다. 아르바이트를 하느라고 햄버거, 피자 냄새만 맡고 있
는 다희에게 피자를 먹자고 하니 말이다.

"저쪽 방송국 있는 앞에 가면 아귀찜 맛있는 집이 있어. 그거 사
줘!"

다희는 얼큰한 것이 먹고 싶은 모양이다.

나는 다희와 함께 20여 분을 걸어 아귀찜을 먹으러 갔다.

그 20분 정도 걸어가면서 다희는 누가 볼 새라 번개같이 내 입술

에 살짝 입맞춤을 했다. 다희와 처음으로 입맞춤을 한 것인데 너무 순간적이라서 어떤 느낌마저도 느낄 수 없었다. 그래도 좋았다.

다희는 입이 터져라 아귀찜을 입으로 집어넣고 있었다. 무척 배가 고팠던 모양이다.

다희가 먹는 모습을 지켜보느라고 난 몇 숟가락 뜨다보니 이미 큰 냄비가 다 비워졌다.

"오빠! 이제 한 달 남았지?"

다희가 나에게 중국행을 묻는 것이다.

"응, 그래!"

난 고개를 끄떡이며 대답했다.

"픕!"

다희가 살짝 웃음을 지었다.

"이제 배가 부르니까 소화도 시킬 겸 영화나 보러 가자!"

다희는 나의 팔을 잡아당기며 길가에서 택시를 탔다.

"신촌으로 가요!"

다희가 택시기사에게 말했다.

신촌. 이미 시간은 밤 10시가 돼가고 있었다.

"영화를 보다 보면 시간이 너무 늦을 텐데? 부모님이 걱정하신다며."

난 영화관 입구에서 다희에게 걱정스러운 표정으로 물었다.

늘 나와 데이트를 할 때면 부모님을 들먹이며 미꾸라지처럼 빠져나가던 다희다. 저녁 10시가 넘도록 같이 다닌 적이 없었다.

"쉿!"

다희는 내 입에다 손가락을 대며 말하지 말라는 시늉을 했다. 난 다희가 다른 때와 다른 행동을 보이므로 뭔가 집안에 일이 있나 보다 했다. 더 이상 묻지도 않고 함께 즐기기로 마음먹었다.

그런데 영화관에서 영화를 감상하는 동안 다희는 나에게 살며시 안겨오며 그동안 철저히 피했던 성적 접촉을 진한 키스로 개방해주고 있었다. 비록 어둡고 영화를 관람하느라고 다른 사람들 볼 여유가 없다고들 하지만 그래도 눈치가 보여서 긴 키스는 하지 못했다. 영화가 끝날 즈음 두 번째 키스를 하고 아쉬운 듯 영화관을 나섰다.

이미 12시가 넘어서고 있는 시각, 다희는 내 팔을 두 손으로 잡아끌며 술집으로 갔다.

"간단하게 한 잔만 하고……."

다희는 바에 앉아 위스키 두 잔을 시켰다. 여전히 내 손을 두 손으로 꼭 잡고.

"한 잔씩 더 할까?"

난 한 잔 가지고는 입가심도 안 됐다.

다희가 고개를 끄덕거렸다.

위스키를 두 잔째 시켰고 나오자마자 급하게 비워버렸다. 난 소주나 맥주 같은 술은 많이 못 마셔도 양주엔 강했다. 아니 독한 술엔 강했다. 밤새도록 마셔도 취해서 쓰러지지는 않는다. 신기한 술꾼이라고 친구들이 놀려대는 이유도 여기에 있었다. 그렇지만 다희 생각도 해야 하기 때문에 위스키 세 잔을 마시고는 술집을 나섰다.

다희는 두 잔을 마셨다.

"오빠! 중국에 가서 오래 있을 거예요?"

길거리를 걸으며 다희가 물었다.

"응! 아마도."

난 아버지를 너무도 잘 안다. 한번 결정한 일은 끝장을 봐야 멈춘다. 아마도 몇 년은 걸릴 것이다.

"결혼은 언제 하려고요?"

다희가 얼굴을 살짝 붉히며 물었다. 그리고 그 답을 꼭 듣고 싶다는 표정으로 날 쳐다봤다.

"인연이 있으면 중국에서도 할 수 있지. 안 그래?"

난 다희를 보고 살짝 미소를 지으며 말했다.

"중국에서 어떻게 결혼을……."

다희는 혼잣말처럼 중얼거렸다.

"결혼을 꼭 하객들 모시고 해야 하나? 둘이서라도 마음만 맞으면 되지."

난 늘 그렇게 생각했다. 예식장에서 많은 사람들 모시고 축하 받으며 결혼을 하는 것도 좋지만 그것은 겉만 번지르르 하지, 속을 들여다보면 사실 그렇지 않다.

축하는 무슨 얼어 죽을……. 축의금 내면서 욕이나 안 하면 다행이다. 다 그렇다는 것은 아니지만 대부분 축의금을 내고 싶어 내는 사람은 드물다. 아버지의 심부름으로 늘 축의금 내러 다녀봤지만 대부분 만난 사람들이 투덜거리며 축의금을 내고 있었다. 그런 돈 받으려는 생각에 하객들을 모아놓고 결혼하는 사람 또한 많다.

결국 결혼도 장사인 것이다. 그러므로 그런 결혼은 나에겐 달갑지 않았다. 조촐하게 친척들 모아놓고 축의금 안 받고 결혼을 하고 싶은 마음이 늘 마음속에 있었다.

"오빠! 나, 오빠 좋아해!"

다희가 어렵게 나에게 고백을 하는데 지나가는 오토바이가 나를 툭 치면서 지나가는 바람에 다희의 고백을 제대로 듣지 못했다.

"뭐, 뭐라고?"

난 그렇게 다희에게 되묻고 나서야 다희가 방금 한 말이 제대로 기억이 났다. 이런, 실수를. 난 아차 싶었는데,

"저기."

다희가 어딘가를 손가락으로 가리키며 얼굴을 붉혔다.

"……?"

난 다희의 손가락을 따라 고개를 돌렸다. 다희가 가리킨 것이 간판이었는데 그 간판 이름이 P모텔. 러브호텔이다.

무슨 생각인지 다희의 손가락은 가늘게 떨고 있었고 얼굴은 붉게 물들며 살며시 숙이고 있었다. 부끄러운 모양이다.

오랫동안 사귀던 다희. 드디어 오늘이 그날인가. 난 가슴이 콩콩 뛰기 시작했다.

잠시 발걸음을 멈추고 반짝이는 러브호텔 간판을 한동안 바라보던 나는 다희를 살며시 안고 발걸음을 옮기기 시작했다. 반짝반짝 러브호텔 간판 옆에 또 하나의 간판이 있었다. 만화방. 혹시 저 만화방 가서 책 빌리자는 것 아닐까. 불길한 생각에 가슴이 오그라들고 콩콩거리던 심장도 조심조심 뛰기 시작했다.

비틀. 술에 취했는가. 다희가 잠시 비틀거리며 내 품에 안겨왔다. 난 더욱 바싹 조이다시피 다희를 안고 만화가게로 가자고 하기 전에 서둘러 러브호텔로 들어가기 시작했다.

"악!"

나의 입에서 비명이 터졌다. 다희가 뾰족한 하이힐 뒷굽으로 내 발등을 찍은 것이다.

"까르르. 남자들이란 다 엉큼하다니깐! 오빠도 마찬가지야!"

저만치 도망가면서 다희가 통쾌하다는 듯이 웃고 있었다.

제기랄, 저 말괄량이한테 또 당했다. 아픈 발을 절룩거리며 멀리 달아나는 다희 뒷모습을 바라보며 난 투덜거렸다.

그날 그렇게 도망친 다희는 한 동안 소식이 없었다.

나 역시 먼저 전화를 걸지 않았다.

중국으로 떠나다

중국 북경 H호텔.

아버지가 그 비싼 호텔방을 무려 6개월이나 빌려서 나에게 준 것은 흔한 일이 아니다. 돈도 돈이지만 아버지나 나의 존재 자체를 남에게 알리기 싫어하는 성격이라서 아버지의 그런 행동은 파격적인 것이다.

중국 북경에 도착한 나는 대사관에 출근을 며칠 앞두고 미리 출국했으므로 중국 관광에 나섰다.

"오빠!"

어떻게 알았는지 아침부터 다희가 호텔 문 앞에서 진을 치고 나를 기다리고 있었다.

"어! 넌 어쩐 일이야?"

다희보고 출근은 안 하냐고 묻는 것이다.

"나도 오빠랑 같은 날 출근이지. 메롱!"

다희는 혀를 쏘옥 내밀며 내 팔짱을 끼었다.

"어?"

나는 짐짓 놀라는 표정을 지었다.

"피이, 다 알아놓고는. 오빠랑 이제부터 중국 여행을 같이 가려고 왔지롱."

다희는 한쪽 눈을 살짝 감으며 날보고 윙크했다.

"그래! 5일 동안 신나게 놀자."

난 다희를 데리고 비서가 몰고 온 승용차를 탔다. 아버지가 보내준 운전기사다.

"엉큼한 생각은 안 하기."

다희가 나에게 말했다.

"아니! 해도 괜찮기."

내가 시치미를 떼며 말했다.

"치이."

다희는 내 팔뚝을 살짝 꼬집으며 눈을 흘겼다.

첫날은 그냥 베이징 시내를 돌아다니며 쇼핑만 하였다. 다희가 혼자 자취해야 하므로 필요한 것이 많았다. 과감하게도 그 모든 돈은 내가 다 지불했다. 어떻게 하든 중국에서 다희와 즐거운 시간을 보내려는 속셈이 포함된 행동이었다.

저녁은 내가 머무는 호텔 중국식 식당에서 다희가 샀다. 처음 보는 음식은 먹지를 못하고 작은 통돼지 구이를 먹었다.

"오빠가 타주는 커피가 먹고 싶어!"

다희가 저녁을 먹고 난 후 나에게 매달리며 애교를 부렸다. 허. 요것이 첫날부터 내 호텔방에서 놀려고……. 난 엉큼한 생각을 하며 다희를 데리고 내 호텔방으로 갔다. 간단하게 커피를 타서 먹을 수 있는 도구는 준비를 한 상태이기에 난 커피 물을 올려놓고 물이 끓기를 기다렸다.

쏴아. 욕실에서 샤워하는 소리가 들렸다. 다희다.

커피를 타지도 못하고 그녀가 샤워를 끝내기를 기다렸다.

"나 어때?"

다희가 하얀 긴 수건을 몸에 두르고 나와서 나에게 물었다.

"응? 아, 예뻐."

난 가슴이 콩콩 뛰는 바람에 말까지 더듬으며 겨우 대답했다.

"오빠."

다희는 나를 그렇게 부르듯 쳐다보더니 두 팔로 내 목을 감싸며 키스를 퍼부었다.

살랑. 다희의 긴 수건을 벗기고 황홀감에 취해 다희의 알몸을 바라보고 있는데,

"오빠!"

다희가 나를 불렀다.

"악!"

난 내 허벅지에 강한 충격을 느끼며 벌떡 일어섰다. 젠장. 꿈이었다. 무슨 꿈을 이렇게 지저분하게 꾸었을까. 어제 마신 술 때문인가.

다희가 내 옆에 서서 무섭게 나를 노려보고 있었다.

"뭐야! 벌건 대낮에 낮잠이나 자고. 게을러서. 쯧쯧."

다희는 나를 보며 혀끝을 찼다.

"아버님께서 오신대. 얼른 세수하고 옷 갈아입어!"

다희는 마치 명령하는 투로 말했다.

으으. 난 지저분한 꿈을 털어버리듯 샤워를 했다.

30여분 지나서 집에 도착한 아버지 손에는 여권과 비행기 표가 들려 있었다.

"중국에 나가서 좀 있다가 와라!"

아버지는 나에게 명령하듯 말했다.

난 다시 정신을 차렸다. 아직 중국에도 안 나간 상태란 말인가. 모든 것이 꿈이었다. 너무도 지저분한 꿈을 꾼 것이다.

그것은 아버지의 간곡한 부탁이란 것을 난 안다. 오래전부터 중국에 아버지께서 벌여놓은 사업이 요즘 많은 타격을 받고 있었다. 신흥 중국 사채업자들이 견제를 심하게 하고 있기 때문이다. 보름 전엔 아버지 부하직원이 폭행까지 당한 일이 있었다.

"알겠어요. 다녀올게요."

난 이미 짐작하고 있었기에 이유도 묻지 않고 바로 대답했다.

1, 2년 걸리는 일이 아니란 것도 잘 안다. 중국에 나가면 몇 년이 걸릴지 모르는 일이다.

난 대답을 하면서 다희를 바라보았다. 말괄량이지만 그래도 앞에 안 보이면 섭섭한 다희. 그녀의 표정이 어떤지 보고 싶었던 것이다

"히힛."

다희는 나를 보며 재미있다는 듯 미소를 지었다.

설마 꿈속에서처럼 중국까지 따라오는 건 아니겠지. 나의 그런 생각은 바로 깨져버렸다.

"다희도 같이 갈 거다!"

아버지의 그 한마디가 내 귓가에 천둥소리처럼 들렸다. 그렇게

싫지는 않지만 같이 간다는 것은 왠지 내 앞날이 어두운 먹구름으로 가득 찬 느낌이다. 그러나 꿈은 그냥 꿈이다.

"전, 부모님께서 반대를 하셔서……."

다희가 아쉬운 표정으로 거절 의사를 밝혔다.

그렇게 다희와 나의 사랑은 끝났다. 그 후 다희는 아무런 연락도 없이 결혼을 하고 만다.

난 그날 저녁 급하게 중국으로 떠났다.

미정이의 전화

세월은 빠르게 흘러 2년이 지났다. 몇 달 만에 한 번씩 서울로 돌아와서 볼일을 보고 다시 중국으로 가고 그런 바쁜 나날을 보냈다.

그 무렵이었을 것이다. 내게 전화가 한통 날아 온 것은.

"여보세요?"

난 발신자표시가 없는 전화라서 누가 장난을 하겠지 하는 생각에 별로 반갑지 않은 목소리로 말했다.

"으앙!"

수화기에선 어린아이 울음소리가 먼저 들렸다.

"누구니?"

난 갑자기 생각이 나는 것이 있어서 혹시나 하고 물었다.

"아. 아빠!"

미정이었다. 내 생각이 맞았다. 난 무척 반가웠다.

"미정아! 잘 있었니?"

난 아직도 울음 섞인 목소리의 미정이에게 다정하게 물었다.

"아빠! 보고 싶어! 왜 전화가 안 돼? 계속 했는데?"

미정이가 아마도 내가 외국에 나간 사이 공중전화로 계속 전화를 한 모양이다.

"미, 미안! 아빠가 외국에 나가있어서 전화가 안 된 거야. 미안해!"

난 미정이가 전화를 할 줄 몰랐기 때문에 정말 미안했다.

"아빠!"

미정이가 내 말뜻을 알아들은 것일까. 밝은 목소리로 날 불렀다.

"왜?"

내가 다정하게 물었다.

"아빠 나. 유치원 다녀!"

미정이가 유치원에 다니는 모양이다.

"응 그래? 지금 유치원이니?"

내가 물었다.

"아니! 유치원 끝나고 집에 가려고."

미정이가 유치원이 끝나고 근처 공중전화로 내게 전화를 건 모양이다.

"이런! 동전이 많이 들겠다."

내가 염려하는 것은 그것이었다. 어린 미정이가 동전이 많이 들어가야 하기 때문에 유치원 같으면 그 전화로 내가 다시 걸려는 것인데.

"선생님이 아빠한테 전화하라고 동전 넣어 주시는걸."

미정이가 말했다.

아마도 옆에서 유치원 선생이 동전을 넣어주는 모양이다.

미정이가 아마도 지금 6살일 것이다.

"그래! 선생님한테 아빠가 고맙다고 말했다고 전해줘."

내가 말했다.

미정이가 바로 그 말을 전하고 있었다.

"아빠, 또 외국에 가시면 어떡해?"

미정이는 다시 나와 연락이 안 될까봐 걱정이 되는 모양이다.

"그럼 이렇게 하자! 아빠가 서울 집 전화를 가르쳐 줄 테니 내 핸드폰으로 전화가 안 되면 미정이가 받을 수 있는 전화번호를 아빠 집에 전화를 해서 받는 사람한테 알려줘. 그럼 바로 아빠가 전화할게."

미정이가 이해를 잘 못하겠는지 옆 유치원 선생을 바꿔줬다. 난 유치원 선생님이라는 아가씨한테 자세히 알려줬다.

"미정이 아직도 아빠랑 찍은 사진 갖고 있지?"

내가 미정이한테 물었다.

"응!"

미정이는 아마도 지금 그 사진을 보며 전화를 하고 있을 것이다. 그 사진 뒤에 전화번호가 있으니 말이다.

"그 사진에다 꼭 아빠 집 전화번호를 적어놔! 알았지?"

내가 말했다.

"응 아빠!"

미정이의 밝은 목소리가 들렸다.

미정이를 만나다

다시 2년 정도가 흐른 어느 날.

"아빠!"

미정이 전화가 왔다.

"왜 그래? 미정아!"

내가 물었다.

"아빠 오늘 울 학교에 못 오겠지?"

미정이가 초등학교에 들어간 모양이다.

"오늘?"

"응! 오늘 선생님이 아빠를 모셔 오라고 했는데 아빠는 외국에

나가셔서 못 오신다고 했어!"

미정이가 말했다. 왠지 슬픈 목소리였다.

"미정이가 친구랑 싸웠니?"

학교에서 선생님이 부모님을 부를 땐 무슨 사고를 냈기 때문일 경우가 많았다.

"응! 동규 녀석 까불어서 때려줬는데 으앙, 이빨이 부러졌대. 엄마가 알면 혼나."

미정이가 결국 울음을 터뜨렸다.

삐삐삐.

동전이 다 된 모양이다.

"아빠가 갈게!"

난 다급하게 말했다.

"아빠!"

미정이의 밝은 음성을 끝으로 전화는 끊어졌다.

왜 그랬는지 모른다. 정말 언제부터인가 미정이를 딸처럼 생각을 하고 있는 것은 아닌지.

바로 공항으로 달려가서 항공기를 타고 제주도로 향했다. 오후에 중국에 가야 하므로 시간도 없었다. 제주도에서 머무를 수 있는 시간은 겨우 2시간 정도. 공항에서 미정이가 다니는 신엄초등학교까지 가는 시간과 공항으로 되돌아오는 시간을 빼면 겨우 30여 분 정도 여유가 있었다.

공항에서 시간에 맞춰 왕복표를 구입했다.

"죄송합니다! 정말 죄송합니다!"

난 정말 미정이 아빠처럼 동규라는 아이 부모님한테 용서를 빌며 치료비를 듬뿍 줬다. 치료비가 많아서인지 입이 벌어진 동규 부모는 더 이상 문제를 삼지 않았다.

"우리 아빠다!"

미정이는 나를 데리고 다니며 자기 친구들한테 자랑을 했다.

불과 30여 분. 나는 그렇게 미정이 아빠 노릇을 했다.

"아빠는 다시 외국에 가야 하는데 미정이 보고 싶어 어떻게 하지?"

내가 미정이에게 다정하게 물었다.

"아빠!"

미정이는 내 볼에다 뽀뽀를 했다. 그리고 자기 친구들 틈으로 뛰어가며 손을 흔들었다.

녀석 무척 기특하구나. 헤어짐에 눈물도 안 흘리고. 난 미정이를 바라보며 손을 힘껏 흔들고 학교 선생님들에게 인사를 하고 급히 공항으로 떠났다.

한 번 더 미정이와 만남이 이루어졌다. 미정이가 초등학교 3학년이 되던 해 봄이다. 역시 또 싸움이 있었던 모양이다. 나는 또다시 피해 학생 부모를 만나 치료비를 지불해줬고 미정이에게 당분간 외국에서 돌아오지 못한다고 말해줬다.

그 후 미정이는 친구 집이라며, 학원이라며 나의 서울 집으로 전화를 해서 나에게 전화를 하라고 전화번호를 가르쳐주고 난 바로 전화를 해서 통화를 했다.

미정이의 전화 통화는 처음엔 한 달에 한 번 정도였던 것이 나중엔 이삼 일이 멀다 하고 통화를 요구했다.

내 전화번호는 어린 나이에도 누구한테도 안 가르쳐주고 혼자만 간직했던 미정이.

그 어린 미정이에게도 언제나 난 아빠였다.

나의 딸 혜지

미정이와 만나지 못한지 어언 5년이 흘렀다.

30대 중반의 나이. 내 모습은 제법 어른스러워졌다.

아무도 마중 나오지 않은 김포공항. 아직은 차디찬 바람이 불고 있는 이른 봄. 나는 중국에서 돌아왔다.

택시를 타고 도착한 방배동 집. 역시 나를 반겨주는 것은 워리 뿐이다. 누런 진돗개 한 마리. 그 개 이름이 '워리'다. 촌스럽게 아버지께서 지은 이름이다.

10년의 세월. 아버지는 몸이 쇠약해졌다. 중국에서 돌아온 것도 그 때문이었다. 아버지는 병원에 입원 중이었다.

나는 방배동 집에 짐을 풀고 냉장고에서 시원한 물 한잔을 마신

후 곧바로 병원으로 향했다.

S병원. 강남에선 제법 큰 병원이다. 1127호실. 특실이다. 난 노크도 없이 벌컥 문을 열고 병실로 들어갔다.

"아버지!"

난 침대에 누워있는 아버지 모습을 보고 울컥 눈물이 흘렀다.

너무도 쇠약해진 모습.

"녀석, 왔구나! 고생 많았다!"

아버지는 내 두 손을 앙상한 두 손으로 꼭 쥐며 말했다.

평소 눈물과는 거리가 먼 아버지. 그렇게 강인하시던 아버지. 그런 아버지 눈에도 눈물이 고였다.

"애비가 널 10년씩이나 중국에 보내놨으니 탓할 수도 없고 언제 손자 녀석 안겨줄 거냐?"

아버지께서 늘 입버릇처럼 전화로 하시던 말씀이다. 잊지 않고 침대에 누워서도 그 말씀을 했다.

그래요. 아직 연애 한 번 해보지 못한 자식이 언제 마누라 얻어서 자식을 낳겠어요? 그때 그 말괄량이 다희와 확 결혼이라도 하고 중국에 갈 걸 그랬죠? 36살 먹도록 여자란 다희 밖에 모르고 지냈으니! 아니지. 단 한 번의 섹스라 해도 내가 처음 관계를 갖은 여인이 있긴 있었지요. 모든 게 거짓말 같아서 잊으려고 했는데.

미정이가 6살이 되던 해.

아빠.

유치원에 다니는 미정이에겐 2장의 사진 속 남자가 아빠였다. 친구들이 물으면 아빠라고 자랑하며 들고 다녔다. 언제나 2장의 사진 중 하나는 가방 속에 넣고 다녔다. 한 장은 방에 잘 보이는 곳에 붙여놓고.

"저게 자기 아빠로 착각하나?"

민박집 주인아주머니도 미경이도 미정이 행동에 그렇게 생각을 했다.

다시 몇 년이 흘러 미정이가 12살이 되던 해.

"너의 아빠는 언제 오니?"

친구들이 물었다.

사진만 들고 다니지, 아빠란 남자는 전혀 보이질 않았기 때문인데 미정이 눈엔 눈물이 고였다.

아빠! 왜 안 오는 거야.

그리고 초등학교를 졸업하고 중학교를 들어가면서 미정이는 추억속의 남자가 아빠가 아니라 언니의 남편이 될 형부란 것을 처음 알았다.

아빠로 알고 오지 않는 아빠 때문에 눈물을 흘리는 것을 보다 못한 미경이가 말해줬기 때문이다.

형부라고? 내 꿈속의 아빠가? 아빠가 아니라 형부라고? 아빠라도 좋고 형부라도 좋아. 오기만 하면 좋겠다. 왜 안 올까.

미경이 어머님보다, 미경이보다 나를 더 기다린 것은 바로 귀여운 처제 미정이었다.

아버지를 보살펴주는 아주머니에게 슬쩍 어디 좀 다녀온다고 말을 하고 난 김포공항에서 비행기를 탔다. 마음속 한편에 병상에 계신 아버지께 얼른 며느리라도 데려다 보여주고 싶은 생각이 들었는지도 모른다.

제주도를 향해서, 그 첫 경험 그녀를 못 잊어서, 그렇게 난 10년 만에 제주도로 향하고 있었다.

휘잉. 제주공항 게이트를 나오자마자 나를 반겨주는 건 역시 거센 바람이었다. 파릇파릇 쑥들이 도로변에 뜯어먹기 좋을 만큼 자라있는 제주도. 육지에선 느끼지 못한 봄 향기지만 얼굴을 때리는 바람은 무척 차가웠다. 어쩌다가 하나 둘 유채꽃도 보였지만 철을 모르고 일찍 핀 유채에 지나지 않았다.

고내. 지나치면서도 왠지 성큼 찾아갈 용기가 나지 않아 첫 경험의 그녀가 살던 그 외딴 민박집을 렌터카를 몰고 빠르게 지나치며 힐끗 보기만 했다. 아무도 보이지 않았다. 그녀는 물론 민박집 주인도 민박을 든 손님도.

고내를 지나 애월읍에 도착한 나는 우체국 앞 큰 선인장을 바라보며 근처 식당에서 백반을 시켜 먹었다. 늦은 아침이다.

젠장, 그녀가 대학생이라고 거짓말을 한 것도 그렇고, 그냥 하룻밤 즐기자는 건데 내가 칠칠치 못하게 그녀 곁을 기웃거리는 것은 아닐까. 그런 마음에 난 다시 애월을 떠나 한림방향으로 해안도로를 따라 천천히 이동했다.

너무 소심한 탓일까.

관광객들이 주로 찾는 관광지를 빼고 숨겨진 구경거리를 찾아 중산간 도로를 따라 저지리 마을에 도착했다.

저지 오름 아래 차를 세워두고 담배를 한 개비 물고 천천히 저지 오름을 올랐다.

동네 사람들 같은 몇몇 분들이 운동을 하다가 나를 힐끗힐끗 보는 것이 아직은 관광객들이 찾지 않는 등산로 같았다.

헉. 저지 오름을 오르다가 난 깜짝 놀랐다.

숲을 이루고 있는 구지뽕나무도 그렇지만 육지에서 멸종 되다시피 한 헛개나무까지 있고, 그 사이로 넝쿨을 이루고 올라간 묵은 줄기. 바로 하수오 넝쿨이다.

비록 다 말라버린 묵은 넝쿨이지만 난 알 수 있다. 중국생활 10년 동안 매일 등산을 하면서 배운 약초.

"역시! 제주도는 아직은 자연이 보존된 곳이구나."

난 그렇게 느꼈다.

그러나 그 느낌도 잠시.

이런. 누군가 비양심적으로 냉장고 껍질을 다 벗기고 속에 석면 뭉치를 숲속에 버린 것이다. 껍질은 철이니 고물로 쓰려고 벗긴 모양이지만 속은 석면이니 처리가 곤란했던 모양이다.

여기도 저기도 숲속에 쓰레기가 보였다. 사람이 비양심적일 때 환경이 깨끗할 수는 없다. 남몰래 나 하나쯤이야 하고 버리는 습관. 제주도 관광도 그들이 망칠 것이다.

관광지는 깨끗해야 한다. 그래야 다시 오고 싶은 것이다.

숲속 깊숙하게 잘 숨겨둔 쓰레기. 여인의 속옷들이다. 남에게 보이기 싫은 사람의 마음이 비록 양심과 함께 버린 쓰레기지만 숲속에 감춘 것이다. 남에게 보이기 싫다, 그 생각을 하면서.

혹시 나의 첫 경험 그녀도 뭔가 나에게 보이기 싫은 것이 있어서 자신을 숨긴 것이 아닐까. 그런 생각이 갑자기 들었다.

휘잉. 바람을 등지고 다시 고내로 향했다. 용기를 내서 그녀를 만나볼 생각이었다.

"여전하군! 크기만 더욱 컸을 뿐이지."

고내에 도착한 나는 민박집 입구에 우뚝 서 있는 구지뽕나무를 바라보며 감회가 새로웠다. 10년의 세월 동안 나무는 팔뚝 굵기에서 허벅지만큼 굵어졌다. 키도 몇 배는 더 컸다.

컹컹. 민박집에 하얀 발바리가 한 마리 뛰어나오며 짖기 시작했다.

민박을 하는지 안 하는지 어쩌 썰렁해 보였다.

"계십니까?"

용기를 내서 큰 소리로 주인을 불렀다.

"잠시 기다리세요."

저 멀리 바닷가에서 바구니에 뭔가 담아들고 오는 여인이 나를 발견하고 바쁘게 걸어왔다. 그녀다. 아무리 멀리 있어도 알 수 있었다. 그런데 귀여운 소녀가 그녀의 손을 잡고 쪼르르 끌리다시피 따라오고 있었다.

"……!"

그녀도 가까이 와서 나를 발견하고 두 눈에 이채를 띠었다.

"미경이!"

내가 먼저 그녀를 불렀다.

"흑! 오셨군요!"

그녀는 나를 알아보고 눈물부터 흘렸다.

"오랜만이오."

난 그녀 앞으로 한 걸음 한 걸음 다가가며 말했다.

"엄마! 저 아저씨 누구야?"

그녀 손에 매달린 소녀가 나를 보고 그녀에게 묻는 말이다. 그런데 엄마라니! 순간 나는 그녀에게 다가서던 발걸음을 멈췄다. 시집을 갔단 말인가. 그렇다면 내가 큰 실례를 하는 것 아닌가.

난 어린 소녀와 그녀를 번갈아보며 어찌할 줄 몰라 멍하니 서 있었다.

"혜지야! 잘 들어."

그녀가 소녀 앞에 쪼그리고 앉더니 눈물을 손으로 닦으며 말했다.

그 소녀 이름이 혜지. 이쁜 이름이다.

"저 아저씨가 너의 아빠란다."

그녀가 나를 가리키며 말했다.

쾅.

순간 난 벼락이라도 맞은 듯 머릿속이 하얗게 변했다. 아빠라니…….

"아, 아빠라니?"

난 아이가 보는 앞에서 차마 그렇게 묻지를 못하고 그녀를 바라보기만 했다.

"당신 아이예요! 그날 임신이 돼서 낳은 아이."

그녀는 초롱초롱 두 눈으로 나를 바라보며 말했다. 거짓이 아니었다. 그녀는 진실을 말하고 있었다.

"그럼! 외국에 나가있던 아빠가 돌아오신 거야?"

그 아이는 그녀에게 물었다. 아마도 아빠를 찾으면 외국에 나갔다고 둘러댄 모양인데 거짓말을 한 것은 아닌 것이 됐다. 난 사실 외국에 있었으니깐.

"그래! 내가 아빠란다. 우리 혜지 그동안 많이 컸구나!"

나는 얼른 그 아이 혜지를 덥석 들어 품에 꼭 안으며 말했다

사태를 짐작하고 아이에게 더 이상 상처를 주지 않기 위해서 나름 대로 판단을 한 것인데 그녀가 나를 보고 울기 시작했다.

"미안해!"

그녀에게 할 말은 그것뿐이었다.

덕신 할망. 교내 동네에서 알아주는 무당이다. 단 하나 다른 무당과 다른 것은 절대 돈을 요구하지 않는다는 것이다. 무료봉사.

덕신 할망이란 별호도 그래서 붙여줬다. 덕이 많다는 것이다. 그만큼 덕신 할망은 동네 사람들의 존경을 받았다. 덕신 할망이 예언

을 하면 반드시 맞아 떨어졌기 때문인데 그 할망은 단 하나 옹고집이 있었다. 절대 교내 사람이 아니면 손님을 받지 않는다.

내 동네 사람들이야 늘 보고 그러니깐 알 수 있지, 타지 사람들은 내가 어찌 알겠나. 덕신 할망은 늘 그렇게 타지에서 찾아오는 손님을 물리쳤다.

그런 그 덕신 할망이 진미경이 임신을 하였을 때 이렇게 말을 했단다.

"아기를 낳고 기다리면 널 찾아 올 것이다. 낳고 기다리면 네 사람이 되고, 아기를 버리면 너도 버려질 것이다."

진미경 그녀와 그녀의 어머니는 그 말을 철석같이 믿고 10년을 기다렸단다.

"죄송합니다! 늦게 찾아와서."

난 진미경 어머니께 무릎을 꿇고 사죄했다.

"괜찮네! 이렇게 돌아와 줘서 고맙네!"

진미경 어머니는 내 두 손을 꼭 잡고 눈물을 글썽거렸다.

"서둘러 결혼식을 올리겠습니다!"

난 진미경과 그의 어머니를 번갈아 바라보며 진심을 말했다.

"그래! 고맙네!"

진미경 어머니, 아니 장모님은 내 두 손을 꼭 잡고 놓을 줄을 몰랐다.

귀여운 처제들

"형부가 오셨다고?"

오후가 되자 두 소녀가 방으로 들어오며 떠들었다. 귀엽다. 특히 하나는 너무도 귀엽다.

"제 동생들이에요!"

진미경이 처제들을 소개했다.

진미주. 진미경의 막내 동생이다. 이제 12살, 초등학교 6학년.

진미정. 진미주의 바로 위. 중학교 1학년. 그 처제가 그렇게 귀여웠다. 어릴 때보다 더 귀여웠다. 미정이가 날 쳐다보며 눈에 눈물이 가득 고였다. 난 눈을 찡긋거리며 미소를 지어 보였다.

"반가워."

난 두 처제에게 말했다.

"저도요!"

두 처제가 동시에 말했다.

"형부!"

진미정, 그 귀여운 처제가 밖으로 나온 나를 따라 오며 날 불렀다.

"어디 가서 이야기나 할까?"

난 얼른 미정이를 데리고 바닷가로 나갔다.

"아빠! 보고 싶었어!"

미정이가 두 눈에 눈물을 가득 담고 말했다.

"나도 미정이가 보고 싶었다."

난 미정이를 꼭 안아주며 말했다.

"왜……."

미정이가 눈물을 흘리며 말했다.

무슨 말을 하려는 것인지 난 이미 알기에 그냥 미정이를 바라보며 다음 말을 기다렸다

"왜 아빠가 형부가 된 거야? 난 아빠가 좋은데."

미정이가 두 눈에서 눈물을 펑펑 쏟았다.

"미정아, 미안하다. 나도 사실은 미정이 아빠가 더 좋다."

난 미정이를 달래려고 그렇게 말했다. 어쩌면 그 것이 내 진심인지도 모른다.

"앞으로도 우리 둘만 있을 땐 아빠 해줄 거지?"

미정이가 말했다. 꼭 그렇게 해달라는 간절한 표정을 담아서.

"그럼! 우리 둘만 있을 땐 난 아빠고 미정인 항상 내 딸이야. 알았지?"

난 얼른 대답했다.

헤. 미정이는 곧바로 표정이 밝아졌다.

"언니랑 결혼하면 서울 가서 살 거지?"

미정이가 초롱초롱한 눈으로 날 쳐다보며 물었다.

"그래."

난 간단히 대답했다.

"그럼 나도 데려가."

미정이 말은 의외였다.

"으응?"

난 미정이 처제의 뜻밖에 말에 잠시 당황했다.

"나도 서울 가서 살고 싶어."

미정이 처제는 정말 진심으로 서울로 따라가고 싶은 눈치다.

"그, 그건, 장모님께서 허락하시면."

난 그렇게 대답을 하고 말았다.

그 귀여운 처제의 부탁을 딱 잘라 거절할 수 없었기 때문인데 그 말 한마디가 엄청난 결과를 갖고 오리란 것을 저녁이 돼서야 알았다.

"저도 따라 갈래요!"

"저도요!"

저녁에 학교에서 돌아온 고등학생 처제 미희와 막내처제까지 모두 나를 따라 서울로 간단다.

"자네가 데려갈 수 있으면 그렇게 하게!"

장모님은 이미 허락을 한 상태다.

"형부!"

진미정, 그 귀여운 처제가 등 뒤에서 나를 두 팔로 안으며 어리광을 부렸다. 이제 대답을 해야 하는데 거절을 할 수 없었다. 특히 그 귀여운 처제 때문이다. 모두 나만 쳐다봤다. 진미경까지.

"좋아! 그렇게 하죠!"

난 장모님한테 처제들을 데리고 가겠다고 말하고 말았다. 아버지 허락도 받지 않은 상태에서.

와아! 진미정과 진미주, 두 어린 처제들이 내 양쪽 팔에 팔짱을 끼고 앉아서 좋아했다.

"이번에 미경이와 같이 서울 올라가서 처제들과 살 집부터 마련할게요!"

난 장모님한테 그렇게 말했다.

"고맙네!"

장모님은 정말 고마워하는 것이 보였다.

혜지는 장모님 방에서 자고 난 오랜만에 미경이 그녀와 단둘이 한 방에서 자기로 했다. 3개의 방이 있는데 아직 관광 철이 아니라 민박 손님도 없어서 모두 사용을 할 수 있었다. 민박을 놓으면 단칸방에서 처제들이랑 장모님이 생활을 한다.

첫 경험의 그녀. 그 풋풋한 향기가 나를 들뜨게 만들었다. 난 그녀와 긴 입맞춤을 했다. 그리고 한 겹 두 겹 그녀의 옷을 벗겨갔다.

그런데

"형부!"

진미정, 그 귀여운 처제가 방문을 벌컥 열고 뛰어 들어왔다. 두 팔엔 베개를 안고.

"왜?"

나와 진미경은 깜짝 놀라서 들어온 처제를 바라봤다. 진미경은 서둘러 옷을 여몄다.

"형부랑 같이 잘래!"

그 귀여운 처제는 나와 미경이 대답도 듣지 않고 들고 온 베개를 나와 미경이 사이에 놓고 얼른 이불 속으로 들어가 버렸다.

으으으. 그렇게 달콤해야 했던 그날 밤은 그 귀염둥이 때문에 산산이 깨지고 말았다.

제주도에서의 결혼식

아침. 내가 늦잠을 잤나. 일어나보니 이불속엔 나 혼자뿐이다.

방문을 열고 밖으로 나오던 나는 깜짝 놀랐다.

"헤."

방긋이 웃고 있는 그 귀염둥이 처제.

세숫대야에 따뜻한 물을 들고 날 기다리고 있었던 것이다.

"정성이다!"

고등학생 처제 진미희가 한마디 던지며 미정이 처제와 나를 번갈아 바라봤다.

"쟤, 왜 그러니?"

미경이가 나와 미희 처제를 번갈아 바라보며 미희 처제한테 물었다

"형부가 좋다나, 뭐 그래!"

미희 처제가 빙긋 웃었다.

"얼른 세수 하시와요."

미경이가 눈을 찡긋하며 나에게 말했다.

난 미정이 처제가 들고 온 세숫물을 받아 세수를 했다.

졸졸졸.

마침 일요일이다. 미경이와 나의 딸 혜지를 데리고 외출을 하려는 나에게 3명의 처제가 졸졸 따라 나섰다.

그런 것이 미안했는지 장모님은 모시고 가겠다고 해도 한사코 마다하셨다.

혜지를 안고 또는 팔을 붙들고 걸으면 마치 질투라도 하듯 진미정, 그 귀여운 처제가 자기도 안아 달라, 팔을 잡고 가자는 등 투정을 부렸다.

"언제까지 올라가야 되나?"

장모님이 아침에 내게 그렇게 물었다.

"뭐 급한 건 없어요. 왜 그러시죠?"

"결혼식은 서울서 올릴 예정이지?"

"네 그렇습니다. 장모님이 원하시면 여기서 올려도 되고요."

"아닐세! 자네 친척들이 여기 오기가 어렵지 않겠어? 서울서 올리기로 하지. 대신 이틀만 시간을 주게."

"네에?"

난 무슨 뜻인지 몰라서 물었다.

"내일부터 이틀 후 이곳에서 잔치를 하고 올라가게. 아예 미경이 데리고."

"무슨?"

난 장모님 뜻을 이해 못했다.

"여기서 동네 사람들한테 인사는 하고 가야 하지 않겠나. 여기서 서울 결혼식 보러 올라갈 동네 사람도 없을 텐데."

결국 이틀 후 이곳에서 예비 결혼식 잔치를 한다는 것인데 거절할 수가 없었다.

허허. 죄송해요, 아버지. 불효자가 허락도 없이 결혼식부터 올리게 됐습니다. 난 속으로 아버지께 용서를 빌었다.

"도새기 두 개는 잡아야지."

장모님이 아침에 이웃집 아저씨한테 그렇게 말을 하는 것을 들었다. 흠. 그게 무슨 뜻일까. 의문이 생겼지만 처제들 등쌀에 정신이 하나도 없었다.

혜지는 아빠라는 사람이 지금까지 못 보던 사람이라 그런지 왠지 낯설어 하는 모습이고, 반면 처제 진미정은 착 달라붙어서 떨어지질 않았다.

"장인께선?"

이미 돌아가신 것으로 알고 있는 난 미경이에게 확인하듯 물었다.

"미주 낳고 바로 돌아가셨어요. 미주가 딸이란 것을 알고 홧김에 술 드시고."

미경이 눈시울을 붉혔다.

그랬단 말인가. 장인께서는 아들을 원했는데 딸만 낳으니 홧김에 술을 먹고 발을 헛디뎌 벼랑에서 추락했다고 한다.

그래. 그런 거였어. 진미주와 진미정은 아빠 얼굴을 모르고 자란 것이었어. 물론 고등학생 진미희 역시 아빠 얼굴을 기억 못 하는 것은 마찬가지. 나를 아빠처럼 생각하는 것이야. 난 처제들이 왜 나를 그렇게 졸졸 따라 다니는지 그 이유를 알 것 같았다. 느끼지 못하고 자란 부정, 그 부정을 나에게서 느끼는 것이다.

그래 아빠처럼 잘 보살펴주마. 내가 사랑하는 미경이 동생들이고 혜지 이모들이며 특히 너무도 귀여우니깐. 제주도를 자주 오지는 않았지만 너무도 많이 돌아다녀서 안 가본 곳이 없었다. 특히 처제들도, 아내 진미경도 제주도 사람이니 구경보다는 맛있는 것을 먹기로 하였다.

그리고 그 맛있는 것을 먹기 위해 찾아간 식당에서 아침에 장모님께서 하신 말씀 뜻을 알게 되었다. 도새기, 흑도새기 전문. 그래, 도새기는 돼지였어. 그렇다면 돼지 두 마리를 잡는다는 것이었어.

식당에 들어가 돼지 갈비를 시키고 식탁에 앉자마자 진미정은 내 무릎에 기대다시피 누워 있더니 새근새근 잠이 들어버렸다.

허. 난 기가 막혀 미경이를 바라봤다.

"얘가 밤새 잠을 못잔 모양이에요."

미경이가 내 표정을 읽고 말했다.

"왜?"

난 그 이유를 물었다.

"몰랐어요? 불 켜 놓고 오빠 얼굴만 쳐다보고 있었는데."

미경이가 말을 하다가 얼굴을 붉혔다.

"……?"

난 영문을 몰라 의아한 표정으로 처제들과 미경이를 번갈아 봤다.

"형부하고 뽀뽀만 했대요."

막내처제가 입을 삐쭉 내밀며 말했다.

"엥?"

난 몰랐었다. 정말이냐는 듯 미경이를 바라봤다. 미경이 살짝 고개를 끄떡거렸다.

녀석 참! 그렇게 아빠를 그리워했단 말인가. 난 부정을 그리워하는 귀여운 처제가 잠든 모습을 보며 안쓰러운 심정이었다.

혜주는 이모들하고만 놀았다. 아빠는 별로 관심 밖이었다. 10년 그 긴 세월이 아빠를 잊게 만든 것일까.

나는 팔자에도 없는 귀여운 처제를 업고 다녀야했다. 처제는 좀처럼 일어날 기미가 보이지 않았다. 내 등에 업힌 처제 손가락이 꼼지락거리는 걸 보면 잠자는 척 하는 것이다. 이미 잠에서 깬 지 오래전이지만 내 등에서 내려오기 싫은 모양이다. 아무리 젊고 힘센 남자지만 중학생 처제를 업고 다니려니 이마에 땀이 났다.

끄응. 잠꼬대를 하는 것인가. 처제 입술이 내 목덜미에 닿았다. 잠이 깬 것이 아닌가. 난 처제가 아직 꿈속이란 것을 알았다. 그런데 왜 손가락은 꼼지락거린 것일까. 그 이유는 미경이가 처제를 받아 안고 길가 벤치에 앉았을 때 알았다.

처제 손가락엔 깊은 상처가 있었다. 보기 흉할 정도로 흉터가 남아 있었다.

"무슨 상처지?"

난 미경이한테 물었다.

"개한테 물린 상처예요. 치료를 잘 못해서. 지금도 많이 아파해요."

미경이가 말했다.

이런. 난 귀여운 처제가 너무도 불쌍했다. 어린 처제가 그런 상처를 안고 살아가게 놔둘 수는 없었다.

급히 대학병원 성형 전문의로 있는 친구한테 전화를 걸었다.

"개한테 물린 상처라는데 초기에 치료를 잘못한 모양이야. 지금도 아픈 모양인데……."

내가 친구한테 전화로 설명하자 친구는 한번 데리고 오라고 했다. 치료가 가능한지 봐야겠다는 것이다. 난 이번에 서울로 올라갈 때 처제를 데리고 가기로 마음먹었다.

황금연휴. 귀여운 처제에겐 정말 뜻밖의 황금연휴가 기다리고 있었다. 단 하루만 학교에 결석하면 무려 5일간의 황금연휴. 3일 후 3월 12일은 중학교 개교기념일이고 3월 13일은 중학교에서 마을 축제가 열려 2일간은 임시 휴교로 지정됐다고 한다.

3월 14일은 금요일. 이 금요일 하루만 학교 허락을 받으면 5일간의 시간을 낼 수 있었다.

난 미경이한테 내일은 미정이 학교에 가서 손가락을 치료하기 위해 서울에 가야 한다는 말을 전하고 금요일 하루만 수업을 빼라고 말했다. 미경이 내 뜻을 알고 고개를 끄떡거렸다.

저녁에 집에 돌아온 나는 동네 어른들이 몰려와서 나를 기다리고 있다는 것을 알았다. 서울에서 온 사윗감 구경을 하려는 것인데 하나같이 돈이 많은가 하는 질문들이 쏟아졌다.

난 미경이 체면도 있고 해서 그냥 많다고만 했다. 너도나도 한 잔씩 따라주는 막걸리를 연거푸 마셨더니 어떻게 방으로 들어 왔는지도 모르고 취해서 잠들어 버렸다.

음. 뭐지? 새벽에 잠결에서 뭔가 내 입술에 자꾸 닿는 물체를 발견하고 눈을 살며시 뜬 나는 화들짝 놀랐다. 귀여운 처제 미정이 마치 내 입술이 장난감처럼 보였는지 만지고 뽀뽀를 하며 놀고 있었다. 아직 내가 눈을 뜬 것은 모르는 채 한참 재미있다는 표정으로 장난을 하고 있었다.

어쩌나. 잠이 깬 것을 알면 쑥스러워 할 텐데. 이러지도 저러지도 못하고 누워 있는데 손가락으로 내 눈을 만지더니 눈을 벌리는 것이 아닌가. 천진난만하게 잠자는 내 눈을 두 손가락으로 벌리고 웃고 있었다. 그리고 다시 입술을 내 입술에 포갰다.

허. 이건 부정이라기보다는 무슨 병이 아닌가. 서울에 데려가면 이것도 상담을 받아 봐야겠다. 난 그렇게 생각을 굳히고 잠결인 것처럼 귀여운 처제를 두 손으로 안고 옆으로 눕혀 놓았다.

파르르. 처제가 잔 떨림을 보였다. 이것 참. 나는 얼른 뒤로 드러누워 잠을 청했다.

부스럭부스럭. 처제가 다시 일어나 내 앞쪽으로 옮겨왔다. 그리고 내 팔을 베개 삼아 누웠다. 잠이 들었나보다. 움직임이 멈췄다.

난 벌떡 일어나서 밖으로 나갔다. 잠자긴 틀려서 바람이나 쐬려는 것이다.

처제는 쌔근쌔근 잠들어 있었다.

"왜 잠이 안와요?"

언제 따라왔는지 미경이 뒤에서 말을 걸었다.

"응, 그냥."

난 미경이를 바라보며 미소를 지었다.

"미정이 때문이죠?"

미경이가 내 마음을 알아차린 모양이다.

"아, 아니야!"

난 급히 변명을 했다.

"귀찮죠?"

미경이가 다시 물었다.

"아니야! 귀여운데 뭘!"

난 다시 변명을 했다.

"걔가 원래 그래요. 엄마한테서 잠자도 그렇고 나하고 자도 그래요. 눈을 벌리고 입술을 만지고 어떤 땐 콧구멍도 막 벌려보고."

미경이 말을 듣고 난 더욱 놀랐다.

이상한 버릇이네. 왜 그런 버릇이.

"엄마 가슴을 만지고 있어야만 잠이 들어요. 어떤 때는 나도……."

미경이 말을 하다가 얼굴을 붉히며 뒤끝을 흐렸다. 언니 가슴도 만져야 잠이 드는 버릇이 있다는 말을 하려던 것이다.

왁자지껄. 많은 사람들이 몰려와서 장모님에게 축하 인사를 전하고 나에게 말을 걸어왔다.

장작더미에 불을 붙이고 넓은 철사 망을 올려놓고 그 위에 돼지고기를 구워 먹으며 동네 어른들은 취하기 시작했다.

내 인생에 가장 바쁜 날이었다.

마치 동네 강아지 부르듯 "야!" 하고 부르면 쪼르르 달려가야 했다.

나중에 안 일이지만 "야!" 라고 부르는 것은 제주도 사람들이 상대를 부를 때 흔히 쓰는 말이었다.

윗사람을 부를 땐 '양!' 하고 부른다.

3월 12일 오전 9시 비행기를 예매하고 제주도 미경이네 집에서 마지막 밤을 보내고 있었다. 이미 동네 어른들은 다 돌아가고 결혼 잔치도 끝났다. 난 이미 정신이 혼미할 정도로 취해 있었다.

"이 아이는 내가 데리고 있으면 안 되겠나?"

장모님이 우리 딸 혜지를 안고 나에게 물었다.

"네에?"

난 무슨 말이냐는 듯 물었다.

"처제들은 자네가 다 데려가도 되지만 혜지만은 내가 데리고 있겠네. 내가 적적해서 말이야."

장모님은 간절했다.

혼자 살아가시기가 외로울 것이기에 그런 부탁을 하는 것인데 문제는 혜지였다. 장모님과 같이 산단다.

"난 할머니와 같이 살 거야!"

혜지 입에서 나온 말이다.

"네! 그렇게 하십시오."

취기에 난 그렇게 말하고 말았다.

10년을 얼굴도 모르고 있던 딸. 그렇게 취기에 뱉은 말 한마디 때문에 다시 10년을 더 기다려야만 했다.

그날 밤, 아내와 난 단둘이서 잠을 잤다. 다행히 그 귀여운 처제는 일찍 다른 방에서 잠들어 버렸던 것이다.

　비몽사몽간 취기 속에 달콤한 키스와 두 번째 관계를 갖게 되었는데 새벽에 잠에서 깬 나는 깜짝 놀라고 말았다.

　아내는 어디로 갔나. 분명 아내와 함께 잤는데 내 팔을 베개 삼아 잠든 것은 그 귀여운 처제였다. 새벽에 또 우리 방으로 들어와 잠이든 것이다.

미정이의 수술

서울 행 비행기 안. 좌석 3개에 나란히 앉았는데 난 가운데 앉을 수밖에 없었다. 아내와 처제가 양쪽 팔을 잡고 놓아주질 않았던 것이다.

비행기를 처음 타보는 귀여운 처제는 마냥 들떠 있었다. 연신 신나서 환호를 질렀고 모두 처다 봐서 난 어쩔 줄 몰라 했다.

남은 두 처제가 무척 부러워하는 눈으로 미정이 처제가 나를 따라 서울로 가는 것을 지켜봤다. 제주도 섬에서 자란 처제들은 서울로 가보는 것이 꿈이었던 것인데 그 꿈을 미정이가 제일 먼저 이루게 된 것이다.

"학생, 좀 조용히 하세요!"

스튜어디스 아가씨가 웃으며 처제에게 말했다.

"네!"

수줍게 대답을 한 처제는 잠깐이나마 조용히 있었다. 그러다가 비행기가 가다가 뚝 떨어지는 느낌이 오자 무서워서 오들오들 떨며 내 가슴으로 파고들었다.

"따님이 비행기를 첨 타나 봐요?"

신혼부부 같은 옆자리 손님 중 남자가 말을 걸었다.

"따님?"

난 어떻게 대답을 해야 옳을까 잠시 망설이고 있었다.

"네! 우리 아빠예요."

귀여운 처제가 그렇게 대답을 하고 있었다.

"아빠라고?"

난 할 말을 잊었다.

"기분은 알겠는데 조금 조용히 있어야 된단다."

이번엔 여자가 말했다. 시끄러웠던 모양이다

"……!"

귀여운 처제가 시무룩해졌다. 한동안 말이 없었다. 이 녀석이 뭘 하나 고개를 숙여 처제 얼굴을 들여다보던 난 무척 놀랐다. 울고 있었던 것이다.

"아빠."

처제 입에서 들릴 듯 말듯 아빠를 부르고 있었다. 난 얼른 살며시 미정이 어깨를 손으로 감싸줬다.

"아, 아빠!"

미정이 입에서 결국 그 말이 나오고 말았다.

난 말없이 그냥 미정이를 안아줬다.

역시 아빠가 그리워 생긴 애정결핍증 같았다. 특히 동생과 18개월 차이로 태어나서 엄마의 정까지 동생에게 뺏기고 자란 탓이 더욱 컸으리라.

비행기를 타고 가면서 내 나름대로 그렇게 진단을 내리고 있었다.

김포공항에 도착한 나는 서둘러 S대학병원으로 향했다. 하루라도 빨리 진찰을 받고 손가락 수술부터 받도록 하려는 생각이었다.

내 차는 공항 주차장에 있었다. 백색 지프였다.

"와! 형부 차 멋지다!"

역시 어린아이처럼 들뜬 처제가 신나서 즐거워했다. 비행기에서 아빠를 찾으며 울던 모습은 이미 온데간데없었다.

미경이도 차창 밖을 구경하느라 정신이 없었다.

처음 온 신비한 세상 서울. 미경이도 처제도 온 정신을 차창밖에 두고 구경하는 데 집중하고 있었다. 때 아닌 조용함이 찾아왔다.

"어서와!"

S병원 성형외과에 들린 나를 친구가 반갑게 맞이했다.

"그래. 이쪽은 내 아내고 이쪽은 처제다. 인사해 내 친구야."

난 친구에게 먼저 아내와 처제를 소개하고 아내에게 친구를 소개했다.

"처음 뵙겠습니다!"

아내가 먼저 인사를 했다.

"반가워요. 이 친구가 결혼을 했다는 말을 아직 들어보질 못해서 당황스럽긴 하지만 아무튼 만나서 반가워요."

친구가 인사를 했다.

"안녕하세요?"

처제가 인사를 했다.

"오! 정말 예쁜 소녀로군요. 만나서 반가워요."

친구는 처제 인사를 그런 식으로 받았다.

"곧 결혼식을 올릴 테니 부조금 많이 해라!"

난 농담을 던졌다.

"그래! 네가 장가를 간다는데 집인들 못 들고 가겠냐?"

친구도 농담을 했다.

"자! 우선 처제 손가락 상태부터 검사해 봐!"

내가 말했다.

"서두르긴. 급할 것 없어. 검사해서 수술이 필요하면 바로 수술 들어갈 테니깐."

친구가 말했다.

"그럴 수 있어?"

난 친구의 말을 듣고 급히 물었다.

그렇게만 된다면 얼마나 다행이겠나. 대학병원이란 것이 예약을 해야만 하고 그 기다림도 며칠씩 걸리게 마련이기 때문이다.

"짜식! 네가 부탁해도 어림없는 일이지만 이렇게 예쁜 공주님을 치료하는데 내가 특별히 시간을 내야지."

친구가 말했다.

내가 부탁을 해서 시간을 비워뒀다는 뜻인데 처제는 예뻐서 시간을 내준다는 뜻으로 들었는지 좋아서 어쩔 줄 몰라 했다.

녀석. 의사가 되더니 이젠 말솜씨까지 의사가 되어가는군. 환자를 즐겁게 하는 의사야말로 최고 의사지.

난 처제를 데리고 들어가는 친구를 보며 흐뭇해했다.

미경이와 난 복도에 놓인 의자에 앉아서 기다렸다.

"고마워요!"

미경이가 의자에 앉자마자 내 팔을 두 손으로 붙들고 작은 소리로 그렇게 말했다.

"고맙긴. 처제도 내 동생인데. 아니 내가 꼭 아빠 같아. 큭."

처제가 비행기에서 아빠라 칭한 일을 기억하며 내가 한 말이었다.

"아빠가 안 계셔서 특히 저 녀석이 제일 아빠를 찾아요."

미경이가 말했다.

"그래. 걱정 마! 내가 아빠처럼 잘 보살펴줄게"

정말 난 그렇게 하기로 마음먹었다.

미경이에게는 그동안 미정이와 아빠와 딸로 지낸 이야기는 비밀로 했다.

덜컹. 문이 열리고 친구 녀석이 처제를 데리고 나타났다.

"어때?"

내가 급히 물었다.

"손가락 뼈 사이에 이물질이 들어가 있어. 보기엔 모래 같은데 지금 바로 수술 들어갈까?"

친구 녀석은 오히려 나에게 물었다.

"그래. 그렇게만 해주면 고맙지."

난 친구 녀석이 정말 고마웠다.

"얼마나 드는데요?"

아내 미경은 돈 걱정이 되는 모양이다.

"하하. 친구끼리 무슨 돈을……. 염려마세요. 그냥 해 드릴 테니."

친구 녀석은 내 눈치를 살피더니 그렇게 말했다.

문론 공짜는 없다. 미경이를 안심시키려는 친구의 재치 있는 대답이다. 아마 몇백만 원은 나올 것이다. 나한테 별도로 청구하겠지만.

"그럼 바로 수술 들어간다?"

친구는 나한테 마지막으로 대답을 기다렸다

"그래. 기왕이면 손에 흉터도 제거해줘."

내가 말했다.

"물론이지. 둘은 더 추가된다는 걸 잊지 마!"

친구의 그 말은 이백만 원은 더 추가된다는 뜻이다.

미경이 눈치를 챘나보다. 나와 친구를 번갈아 쳐다봤다.

"하하. 혼자서는 수술이 어렵지, 암! 의사 두 명은 더 추가해야지."

친구 녀석이 눈치를 채고 재빠르게 말을 바꾸어 버렸다.

"얼마나 걸릴 것 같아?"

난 처제와 친구를 번갈아 바라보며 물었다.

"수술이야 30분 정도면 충분하지만 마취에서 깨려면 오늘밤은 입원을 해야…… ."

친구가 말했다.

"알았어, 그러지."

내가 얼른 대답했다.

"특실로 모실게요."

친구 녀석이 미경이를 바라보며 고개를 꾸뻑거리며 말했다.

"고마워요!"

미경이가 얼른 대답했다.

"나가서 차라도 한 잔 하다가 1시간 후에 와."

친구가 나에게 말했다.

"응. 그래!"

내가 대답했다.

"처제. 수술 잘 받고 좀 있다가 보자."

처제를 데리고 수술실로 들어가는 친구 등 뒤에다 대고 난 그렇게 말을 던지고 미경이와 함께 밖으로 나왔다.

"아버지. 내일 집에 갈게요. 며느리 될 사람 데리고요."

난 밖으로 나오면서 아버지께 전화를 했다.

"며느리? 허."

아버지가 기가 막힌 모양이다.

"네. 내일 오전에 들를게요."

내가 말했다

"녀석, 무슨 꿍꿍이야? 오냐, 알았다."

아버지는 믿는 둥 마는 둥 대답을 했고 전화는 간단히 끝났다.

"자, 우리 어디 가서 시원한 것이라도 좀 먹자."

난 미경이를 데리고 병원 앞 빵집으로 들어갔다. 아직은 쌀쌀한 날씨지만 이곳에서 판매하는 아이스크림이 맛있었다. 언젠가 친구 녀석과 같이 먹어본 기억이 있어서 미경이를 데리고 들어간 것이다.

점심시간이 돼서야 처제 수술이 끝났다. 친절하게도 친구 녀석은 12층 특실에 입원실까지 마련해줬다. 처제가 회복실에서 회복하는 사이 친구 녀석과 함께 점심 식사를 하려고 밖으로 나갔다. 미경이는 처제 옆을 지키고 있었다.

"전부 얼마냐?"

내가 근처 식당에서 두부찌개를 시켜서 같이 먹으며 넌지시 물었다.

"아마 11장 정도 될 거야."

친구가 말했다.

"뭐가 그렇게 많아?"

내가 장난스럽게 물었다.

"짜식! 예쁜 처제를 고치는데 그까짓 11장 갖고."

친구가 농담 삼아 말했다.

난 친구에게 처제가 보이는 애정결핍증에 대해 설명하고 정신과에 문의해야 하나 물어봤다. 친구 녀석은 나보고 사랑과 정을 주고 보살펴 주는 것이 병을 고치는 데 더 효과적이라고 했다. 친구 녀석도 내 판단대로 애정결핍증이라고 판단을 내렸다.

"제주도로 내려가기 전날 한번 들러. 처제 상태를 확인하게."

"그래, 그러지."

점심을 먹고 12층 입원실로 올라갔다.

회복실에서 입원실로 오면 불편함이 없나 확인하려던 것인데 친구 녀석은 사람을 시켜 이미 모든 준비를 철저히 해놓았다.

침대에 누워 이 생각 저 생각을 하던 나는 나도 모르게 깜빡 잠이 든 모양이다. 살포시 포개지는 입술을 느끼고 잠에서 깬 나는 상대가 미경이라는 것에 안심을 했다.

"처제는?"

난 처제가 안보는 것을 이상하게 생각하고 급히 물었다.

"화장실 갔어."

미경이가 말했다.

입원실로 들어와 화장실에 들어간 모양이다.

"형부!"

화장실에서 나온 처제는 와락 달려들어 내 품에 안겼다.

"녀석!"

난 말없이 처제 등을 손바닥으로 토닥거렸다.

미정이와 아버지

짧은 소나무들 사이로 노란 개나리꽃이 하나 둘 피어나는 긴 돌 계단 길을 30여 계단을 오르면 큰 후박나무 아래 구불구불한 굵은 통나무를 8개 기둥삼아 만든 정자가 하나 있고, 그 주위로 자연석을 넓게 깔아 만든 마당이 나왔다. 그 넓은 마당을 지나면 황토로 만든 집이 하나 나오는데 마치 초가집처럼 지었으나 지붕은 청기와를 올렸다.

200여 평 되는 정원에 비하면 초라하기 그지없는 건물. 30여 평의 황토 집. 지금 그 황토 집에 두 손님이 찾아왔다. 아니 남자 가슴에 매달려 있는 어린 아기까지 세 사람이다.

그들이 막 황토 집 문 앞에 도착하여 문을 열려고 하는 순간, 우르르 어디서 나타났는지 두 청년과 아가씨 한 명이 길을 막았다. 모두 검은색 복장을 한 젊은이들이다.

"누구십니까?"

아가씨가 찾아온 손님에게 물었다.

"이것들이! 너흰 누구야?"

찾아온 손님 중 여인이 앙칼지게 소리쳤다. 마치 안에 있는 사람이 들으라는 듯.

"우린 경호원입니다. 어르신께선 주무십니다. 누구십니까?"

경호원이란 아가씨가 전혀 비켜줄 기미를 보이지 않고 오히려 되묻는다.

"그으래? 경호원이라고? 야!"

다시 여자 손님이 앙칼지게 소리를 지르며 발로 경호원 아가씨 다리를 걷어찼다.

경호원 아가씨는 재빠르게 피한 다음 몹시 불쾌한 표정으로 여자 손님을 노려봤다.

"어라! 피해?"

찾아온 여자 손님은 다시 발로 경호원 아가씨 배를 향해 걷어찼다.

"왜 이러십니까? 자꾸 이러시면 저희도 실례를 할 수밖에 없습니다."

여유 있게 피한 경호원 아가씨가 금방이라도 공격을 할 태세다.

"다희냐?"

이때 방안에서 굵직한 남자 목소리가 들렸다.

"네, 아빠!"

찾아온 여자 손님이 대답했다.

"들어오너라! 시끄럽게 하지 말고."

다시 굵은 남자 목소리가 들렸다.

"네!"

찾아온 여자 손님은 여자 경호원을 신경질적으로 밀치며 아기를 안은 남자와 함께 방으로 들어갔다.

"누구야?"

여자 경호원이 옆에 서있는 남자 경호원에게 물었다.

"몰라! 첨 보는데? 아빠라고 하잖아!"

남자 경호원이 퉁명스럽게 말하고 마당 한쪽으로 걸어가기 시작했다.

그때다.

조그만 여자 아이가 쪼르르 뛰어오고 있었다.

"누구냐?"

다시 여자 경호원이 앞을 가로막았다.

퍽. 둔탁한 소리가 들리고 "크윽!" 비명이 터졌다.

조그만 여자 아이가 앞을 가로막는 여자 경호원 허벅지를 발로 걷어찬 것이다.

"이, 이게!"

옆에 서있던 남자 경호원이 막 어린 여자아이를 붙들려고 손을 뻗었다.

붙잡아서 혼내주려는 것이다.

"도련님!"

그 순간 여자 경호원 입에서 나온 말.

누군가 그들 앞에 서 있다는 것을 느꼈다.

"도련님 오셨어요?"

남자 경호원도 상대를 알아보고 얼른 인사를 했다.

그들이 도련님이라고 하는 사람, 처제가 입원한 병원에서 하룻밤을 보낸 나는 이제 막 집에 도착한 것이다. 미경이와 함께.

큰 정원을 보고 먼저 앞으로 쪼르르 달려간 처제인데 전혀 예상치 못한 광경을 목격한 나는 어리둥절하였다.

저 여자 경호원은 태권도 6단에 유도가 3단이다. 아무리 방심을 해도 그렇지, 처제 공격을 고스란히 얻어맞다니……. 또한 순진하고 아무것도 모르는 처제가 어떻게 했기에 여자 경호원이 비명까지.

난 조금 전 본 광경을 생각하며 의문이 떠나질 않았다. 특히 아직도 여자 경호원 얼굴은 정상이 아니다. 뭔가 고통스러워하는 얼굴인데.

흠! 오늘 컨디션이 안 좋은가?

"수고들 하시네요!"

난 여자 경호원이 어딘가 몸이 안 좋을 것이라고 판단을 내리고 처제와 미경이를 데리고 방으로 들어갔다.

방은 달랑 두 개뿐. 나머진 다 거실처럼 되어 있다. 화장실은 뒷문을 열면 바로 연결된다. 화장실과 부엌은 뒤쪽에 별도로 건축되어 있다.

"어! 오빠!"

방에 들어간 나는 아버지 앞에서 이야기를 하고 있던 부부를 발견하고 무척 놀랐다. 바로 다희였다. 다희가 먼저 나를 알아보고 반가워했다.

"안녕하세요?"

다희 옆에서 아기를 안고 있던 남자가 나에게 인사를 했다. 다희 남편이다.

"어, 박 서방. 반갑네!"

난 얼른 인사를 받았다.

벌써 3년 전에 시집을 간 다희. 5년 전쯤인가? 아버지는 다희를 수양딸로 삼았다. 그동안 정이든 것도 있겠지만 다희는 부모가 없었다. 세탁소를 운영하던 다희 부모님은 내가 10년 전 중국으로 나간 그다음 해에 교통사고로 부부가 함께 저세상으로 갔다.

"다희야! 언제 왔어?"

난 다희에게 물었다.

"응, 방금. 그런데 이분은?"

다희가 미경이를 바라보며 나에게 물었다.

"아버지, 몸은 좀 어떠세요?"

나는 얼른 아버지께 인사를 했다. 무엇보다도 아버지께 미경이를 먼저 인사시켜야 하기 때문이다.

"그래, 많이 좋아졌다!"

아버지가 침대에서 일어나 앉으며 말했다.

"아버지께 인사드려."

미경이보고 아버지께 인사를 드리라고 했다.

"안녕하세요? 첨 뵙겠습니다!"

미경이가 큰절을 올렸다.

"오냐. 어서 오너라. 며느리를 만나는 첫 대면이 이렇게 환자로 만나게 돼서 미안하구나."

아버지는 이미 며느리로 인정을 하신 모양이다.

"안녕하세요? 전, 전, 미정이라고 해요!"

처제가 마땅히 자신을 소개할 것이 없었나 보다.

"어서 와요. 사돈처녀 반가워요."

아버지는 처제를 바라보며 살짝 미소를 지어보였다. 허. 아버지
가 저렇게 누굴 보고 미소를 짓는 것도 처음인데.

난 아버지와 처제를 번갈아 바라봤다.

그걸 다희도 눈치를 챈 모양이다. 마치 질투를 하듯 곱지 않은
시선으로 처제를 노려봤다.

그렇게 다희를 좋아했던 아버지셨지만 한 번도 그렇게 미소를
지어 보이진 않았다. 웃음을 잃고 사시던 아버지셨기에.

"다희야, 인사해. 앞으로 나와 결혼할 아내. 이쪽은 내 누이동
생."

난 미경이와 다희를 서로 인사시켰다.

"만나서 반가워요."

다희가 먼저 인사를 했다.

"네, 저도요."

미경이가 인사를 받았다.

"반가워요! 전 사돈처녀. 헤."

처제가 얼른 손을 내밀어 다희에게 악수를 청했다. 다희가 어이 없다는 표정으로 나를 바라봤다. 난 다희에게 그냥 악수를 해주라고 눈짓을 보냈다.

"악!"

마지못해 손을 내민 다희는 비명을 질렀다.

처제와 악수를 하고 있는 손이 부르르 떨렸다.

"……?"

난 다시 의아한 표정으로 다희와 처제를 번갈아 바라보았다.

"아, 미안! 헤. 너무 꽉 쥐었나?"

처제가 천진난만하게 웃었다.

"이런, 처제 힘이 세구나. 다희가 아파하는 것을 보니."

난 처제가 시골에서 자라서 힘이 센 것이라 생각했다.

사돈처녀는 뭘 좋아하시나?"

아버지가 처제에게 물었다.

"전 좋아하는 것 많아요."

처제가 얼른 대답했다.

"말씀해보세요. 뭘 좋아하시는지."

아버지는 자상하게 말했다.

"다 말씀드려도 돼요? 먹고 싶은 것 다?"

처제가 기다렸다는 듯 물었다.

"아, 물론입니다. 사돈처녀가 좋아하는 것은 뭐든 다."

아버지는 자상한 미소를 지으며 말했다.

다희도 나도 의외였다. 특히 아버지의 그런 모습이 더욱 의아하게 만들었다. 자상한 미소까지 지으면서 어찌 보면 공손하게 존칭까지 쓰는 모습이.

"음! 한우 안심 스테이크. 치즈피자. 조기찜에 옥돔구이. 물메기 매운탕. 음, 그리고 아! 말고기 햄버거. 이 정도면 대충 됐어요."

처제가 먹고 싶다는 것을 줄줄이 말했다.

저녁 준비를 할 요리사가 아버지 옆에서 메모를 열심히 하고 있었다.

"강 실장! 다 들었겠지?"

아버지는 메모를 하고 있는 요리사한테 물었다.

"네!"

요리사는 고개를 살짝 숙이며 대답했다.

"모두 빠짐없이 준비하게."

아버지는 요리사한테 처제가 줄줄이 말한 요리를 다 준비하라고 지시를 내렸다.

"……."

요리사는 대답도 못하고 잠시 머뭇거렸다.

"뭔가?"

아버지가 요리사 행동을 보고 이미 눈치를 챈 듯 미소를 지으며 물었다. 오늘 아버지께서 기분이 좋으신 모양이다. 난 아버지가 자주 미소를 짓는 것을 보며 그렇게 생각했다.

"다른 재료는 다 준비할 수 있는데 말고기는…… ."

요리사가 머뭇거리는 것이 그것이다. 말고기를 구하기 힘들다는 것.

"흠, 사돈처녀 다른 걸로 바꾸면 안 될까요?"

아버지는 요리사 어려움을 덜어주려는 듯 처제에게 살짝 머리까지 숙이며 그렇게 물었다.

햐. 아버지가 왜 저러시지?

"아뇨! 전 말고기 햄버거가 제일 맛있거든요. 바꿀 수 없는데요."

이런. 처제에게서 나온 말은 더욱 나를 당황하게 만들었다. 이런 처제가 아니었는데, 순진하고 착한 처제로 알았는데. 난 처제를 바라보았다. 내가 잘못 생각한 것인가. 처제는 천진난만하게 웃고 있었다. 역시 너무 어려서 철이 없는 모양이다.

여기서 나도 모르는 게 하나 있었다. 이미 아버지와 미정이는 잘 아는 사이란 것을. 나에게 통화를 하기 위해 수없이 전화를 하면서 이미 가까워졌다는 것을.

"들었나? 준비하도록 하게."

아버지는 처제에게 한쪽 눈까지 찡긋하면서 미소를 짓고 요리사한테 지시를 내렸다.

"알겠습니다!"

요리사는 더 이상 머뭇거리지 못하고 대답을 하고 밖으로 나갔다.

"아빠!"

다희가 토라진 모습을 하며 아버지를 톡 쏘듯 불렀다.

"왜 그러냐?"

아버지는 근엄한 표정으로 돌아와서 다희에게 물었다.

이제 아버지 모습으로 돌아 온 것이다.

아, 아니에요!"

다희는 그런 아버지 모습을 느끼고 하고 싶은 말을 꿀꺽 삼키고 말았다.

왜 자기한테는 먹고 싶은 것을 묻지 않느냐고 따지고 싶었는데 아버지 모습에서 그런 말을 할 수 없었다. 아버지 모습에서 미소는 이미 사라졌다.

그러나 다시 고개를 돌려 처제를 바라보는 아버지 얼굴엔 환한 미소가 어리고 있었으니. 한쪽 눈까지 찡긋거리면서.

철없는 처제도 그런 아버지 모습을 아는지 모르는지 덩달아 한쪽 눈을 찡긋 하면서 미소를 짓고 있었다.

아버지께서 왜 저러시지? 처제가 어색할까봐 기를 살려주려고? 아니면 미경이가 맘에 들어서? 난 아버지와 처제를 번갈아 바라보며 고개를 갸웃거렸다.

저녁상은 푸짐하게 차려졌다. 특히 처제 앞에는 낮에 처제가 주문을 한 음식들이 하나도 빠짐없이 모두 차려졌다.

그러나 처제가 주문을 한 음식은 모두 처제 앞에만 놓여있고 다른 사람들 앞엔 된장찌개와 간장게장, 김치, 파 무침 등 기본 반찬이 고작이었다. 단지 다희 남편 앞에만 삶은 닭 한마리가 놓여 있었다.

"우린 이거만 먹으라고요?"

다희가 참다못해 요리사에게 한마디 했다. 아버지를 향해 하고 싶은 말이다.

그러나 아버지 앞엔 전복죽만 놓여있다.

다희도 아버지 앞에 놓인 전복죽 한 그릇을 보고 더 이상 말을 못했다. 이미 뱉은 말도 송구스러워했다.

"사돈처녀 많이 들어요."

아버지는 환한 미소를 보이며 처제한테 말했다.

"저 혼자는 이것 다 못 먹는 것 아시죠?"

엉뚱한 대답이 처제한테서 나왔다.

그런데 그 대답을 기다리기라도 한 것일까.

"그럼 같이 거들어 드려야지."

아버지는 의자를 처제 옆으로 옮겨 놓고 앉으며 말했다.

"네. 역시 잘 통해요. 그렇죠?"

처제도 장단을 맞췄다.

"안됩니다. 어르신께선 환자십니다."

요리사 강 실장이 화들짝 놀라며 말했다.

"저 친구가 안 된다는데요?"

아버지는 마치 어린아이처럼 처제한테 이렇게 묻고 있었다.

"멍청해서 그래요. 환자가 잘 먹어야 빨리 낫죠. 어린아이인 저도 아는데 그걸 모르다니. 헤."

처제가 하는 말을 들은 요리사 얼굴이 일그러졌다.

아버지는 그것 보라는 듯 요리사를 바라보며 그냥 물러나라는 눈짓을 했다.

난 황당한 처제도 이상했고 아버지 행동도 이상했지만 미경이가 그런 처제를 나무라거나 말리지 않는다는 것이 더욱 이상했다.

마치 게걸들린 듯 그 많은 음식을 서로 상대방 입에 넣어 주면서 모조리 먹어치웠다.

그 이상한 구경을 하느라고 나도 다희도 저녁을 제대로 먹지 못했다.

처제야 어려서 그렇다고 하지만 아버지까지 그런 처제와 장단을 맞추다니.

그 많은 음식을 둘이 다 먹어 치웠으니 아버지께서 소화를 제대로 하실지 그것이 의문이다.

"저녁을 먹었으니 이제 차를 마셔야 되겠지요?"

아버지는 마치 처제를 공주님 대하듯 다시 공손하게 말했는데 그 모습이 전혀 장난스러워 보이지 않는다는 것이다.

"전 커피나 뭐 그런 흔한 차는 안 마시는데요."

처제가 갈수록 가관이다.

"그럼 무슨 차를 드릴까요?"

아버지도 가관이다.

"전 국화꽃차에 유채꽃 꿀을 넣은 것을 좋아해요."

처제가 대수롭지 않게 말했다.

"들었나? 나도 같은 걸 주게."

그 소리를 들은 아버지는 방 밖에서 요리사 강 실장이 들을 수 있게 큰 소리로 말했다.

"아함! 너무 늦네요."

주문을 한 차가 나오질 않자 처제는 하품을 했다.

"뭣 하는가. 차 준비가 안됐나?"

아버지는 다시 큰 소리로 말했다.

"다 됐습니다!"

강 실장 음성이 밖에서 들렸다.

"다 됐다네요. 조금만 기다리죠."

아버지는 처제한테 다시 미소를 지으며 말했다.

"월급을 너무 많이 주시나 봐요?"

처제가 강 실장이 차를 가지고 들어와 식탁에 놓자 얼른 받아 조
금 맛을 보더니 아버지한테 묻는다.

"조금 많이 줍니다."

아버지가 말했다.

"게을러졌어요."

처제가 다시 말했다.

"처제!"

내가 참지 못하고 처제를 불렀다.

버릇없이 아버지가 오냐오냐 해주니깐 강 실장에게 그런 모욕을

주다니.

"흑!"

처제는 나를 바라보며 눈물을 뚝뚝 흘렸다. 내가 야단을 쳐서 우는 것이다.

"뭐하는 게야? 다 먹었으면 당장 나가!"

아버지는 나에게 호통을 치셨다.

어이가 없어서 난 처제를 달랠 생각도 못하고 밖으로 나갔다. 미경이도 나를 따라 나왔다. 다희도 다희 남편도 줄줄이 밖으로 나왔다.

"처제가 왜 저래?"

난 지금까지 의문을 미경이한테 물었다. 다희도 다희 남편도 미경이 입만 바라보았다. 모두 이해를 할 수 없는 모양이다.

"사실 어제 오빠 없는 사이 아버님께서 오빠 폰으로 전화가 왔었어요. 그래서 제가 받아서 인사도 드리고, 동생 이야기도 하다가 동생을 바꿔 달라고 하셔서 바꿔드렸는데 동생과 한참을 통화하셨어요. 그때부터 아버님과 동생은 서로 맘이 통했나 봐요. 저도 그 이상은 몰라요. 동생이 말을 안 해서."

미경이가 말했다.

"무슨 통화를 하셨기에?"

난 더욱 의문이 생겼다.

"혜지 이야기도 하는 것 같았고 여기서 오빠와 아버님과 같이 살았으면 좋겠다고 말하던데……."

미경이가 말했다.

"처제가 나와 아버지와 한집에서 살겠다고 했다고?"

내가 급히 물었다

"네! 분명 그랬어요."

미경이가 대답했다.

"이, 이런! 어떻게 처제들과 아버지와 같이. 그렇다면 이미 처제와 아버지는 한집에서 같이 살기로 합의를 했다는 이야긴데."

난 이제야 겨우 상황을 이해할 수 있을 것 같았다. 아버지와 처제는 이미 같이 한집에서 살기로 합의를 하고 서로의 친분을 위해 엉뚱한 장난을 하고 있었던 것이다.

젠장. 아버지는 처제들을 아버지 편으로 만들고 계신 것이었구나. 처제도 앞으로 같이 살아갈 아버지와 친해지기 위해서 그런 것이었고 미경이와 나를 위해 친한 척 한 것이었는데 내가 화난 표정을 지은 것이다. 누가 더 어른인지. 이거야 원!

깔깔깔. 허허허. 방에서 갑자기 처제와 아버지 웃음소리가 들려나왔다.

밖에서 이야기를 나누던 나와 다희 그리고 미경이와 다희 남편
도 서로 바라보며 미소를 지었다.

"참, 그런데."

난 갑자기 뭔가 생각이 나서 주위를 두리번거렸다.

"오미진 씨!"

저쪽 마당에서 서성거리고 있는 여자 경호원을 불렀다.

"네! 도련님!"

여자 경호원은 얼른 달려왔다.

"아까 우리 처제가 발로 찬 것 같던데 왜 그냥 맞았어요?"

난 그 일이 생각나서 물어본 것이다.

"그냥 맞은 게 아니고 부끄럽지만 피하지 못한 거예요. 너무 빨
라서."

오미진 경호원이 말했다.

난 그 말을 듣고 이해를 할 수 없었다. 무술 종합 9단이라는 오미
진이 피하지를 못했다니 이해를 할 수 없어서 미경이를 바라보았
다. 미경이는 그냥 미소만 짓고 있었다.

"동생 분께서 무술을 배우셨죠?"

오미진이 미경이를 보고 물었다.

"네!"

미경이가 대답했다.

"제가 보기엔 태극권 같았는데 맞나요?"

오미진이 다시 물었다.

"네, 맞아요."

미경이가 대답했다.

"뭐? 태극권?"

난 무척 놀랐다.

다희와 다희 남편도 호기심을 갖고 미경이를 바라보았다.

"유단자 같던데 맞죠? 몇 단이에요?"

오미진이 다시 물었다.

"나이는 어려도 3단이에요. 공수도가 1단이구요."

미경이가 말했다.

"뭐라고? 태극권 3단에 공수도 1단?"

난 무척 놀랐다. 어린 처제가 무술 유단자라니.

"그랬군요. 그래서 그렇게 빠르고 아팠던 거군요. 제가 피할 수 없을 정도로."

오미진이 말했다.

"매일 도장에서 살다시피 해서……. 도장에 다니는 동안에 조금은 동생이 밝은 표정이었는데 태극권을 가르치시던 분이 서울로 가셔서 한동안 방황을 하다가 요즘은 합기도에 재미를 붙여서 그나마 다행이에요."

미경이는 처제에 대해 자세히 설명했다.

애정결핍증을 보인 처제는 늘 집안 식구들을 괴롭혔다. 그러다가 7살이 되던 해부터 동네에 이사 온 태극권 사범을 따라다니며 무술을 배웠다. 학교를 다니는 시간 외엔 늘 그곳에서 살다시피 했으므로 식구들은 오히려 편했고 안심을 하며 적극적으로 도장에 나가는 걸 유도했다. 처제가 12살이 되어 초등학교를 졸업하던 시기에 그 도장도 문을 닫고 사범은 서울로 갔다.

처제는 다시 식구를 괴롭히기 시작했다. 얼른 합기도 사범에게 데려다 주면서 조금은 숨이 트이게 됐는데 무술에 재능이 있는지 벌써 1단을 따고 사범이 칭찬을 아끼지 않을 정도로 처제 무술 실력은 나날이 발전되어 갔다.

특히 처제는 손아귀 힘이 무척 강했다. 발차기는 너무도 뛰어나 합기도 사범이 놀랄 정도였다. 한 가지 합기도 사범이 걱정하는 것은 처제는 조금만 자신에게 위협이 되면 가차 없이 공격을 하는 습관이었다.

"그런 일이…… ."

다희는 미경이 이야기를 들으며 무척 놀라고 있었다. 그 이유는 다희 역시 그런 시절을 겪었기 때문이었다. 다희가 나한테 장난꾸러기처럼 굴었던 것은 다희 역시 방황을 하던 자신을 그렇게 스스로 위로하며 지냈기 때문이다.

"이거 참 흥미로운 아이네."

다희가 묘한 미소를 지었다. 그 미소의 의미는?

"다희 너하고 비슷하다는 생각 안 드냐?"

나는 다희가 미소를 짓는 이유를 알고 장난스럽게 말했다.

"다희 씨도 그랬나요?"

다희 남편이 나한테 물었다.

"물론이지. 저 녀석이 나를 얼마나 귀찮게 했는데."

난 그렇게 말을 하고 방으로 들어갔다. 처제에게 할 말이 있어서다. 모두 나를 따라서 방으로 들어왔다.

"형부가 화내서 미안. 화 풀어."

난 처제 어깨를 두 손바닥으로 살짝 감싸주며 처제 등 뒤에서 말했다.

"흑!"

처제가 갑자기 벌떡 일어서서 나를 두 팔로 안고 내 가슴에 얼굴을 묻으며 울었다.

어휴, 어린 녀석이 얼마나 힘들었을까. 형부한테 언니한테 짐이 되지 않으려고 아버지와 친한 척하고 성격에 맞지도 않는 장난까지 치고.

난 처제를 살짝 안아줬다.

"나 좀 업어줘요!"

처제가 울음을 그치고 나를 올려다보며 말했다.

"응, 그래."

난 얼른 앉아서 등을 뒤로 했다. 처제가 내 등에 업혔다. 난 처제를 업고 밖으로 나왔다. 이번엔 아무도 따라 나오지 않았다.

"아빠."

처제가 내 귀에다 입술을 갖다 대고 작은 소리로 불렀다.

"왜?"

내가 물었다.

"난 아빠가 좋아. 둘만 있을 땐 계속 아빠라고 불러도 돼?"

처제가 말했다.

뜻밖이다. 그런 말을 할지 몰랐으니깐.

"나도 미정이가 좋아. 둘만 있을 땐 아빠라고 불러."

나도 그렇게 말해줬다.

"난 사실 아빠 처음 볼 때부터 맘에 들었어."

처제가 한 손으로 내 귀를 잡아당기며 입술을 귀에 대고 말했다

"그래? 고마워. 나도 미정이가 제일 예뻐."

난 사실대로 말했다. 처제들 중 가장 예쁘고 귀여웠으니까.

"그래서 말인데, 아빠!"

처제가 다시 말했다.

"으응?"

내가 물었다.

쪽.

"아빠가 내 부탁을 꼭 두 가지만 들어 줬으면 좋겠어!"

처제가 등 뒤에서 내 볼에다 뽀뽀를 한 번 하며 말했다

"알았어!"

난 무슨 부탁인지도 모르고 그렇게 대답했다.

"하나는 지금 말하고 하나는 나중에 말할게!"

처제가 말했다.

"그래."

내가 대답했다.

"그럼 지금부터 아빠 보디가드는 내가 할게. 언제나."

처제는 '언제나' 란 말을 좀 더 힘 있게 말했다.

"뭐? 보디가드? 네가?"

난 어이가 없었다. 아무리 유단자라해도 내 보디가드라니…….

"약속했잖아! 부탁 들어주기로!"

처제가 시무룩해졌다.

"아, 알았다. 그래라."

난 얼른 말했다.

"헤."

처제가 웃으며 다시 내 볼에 뽀뽀를 했다.

귀여운 처제는 이런 이야기를 했다.

"아빠! 보고 싶어. 얼른 와."

미정이가 연락을 원한다는 강 실장님의 연락을 받고 내가 학원 이란 곳 전화번호로 연락을 하니까 미정이가 울먹이며 말했다.

"아빠는 무서운 사람이 외국에만 있으라고 해서 지금은 갈 수가 없단다. 조금만 기다주겠니?"

아버지를 빗대어 무서운 사람이라고 농담을 한 것인데 이 한마 디가 미정이를 변하게 했단다.

아빠를 구해 드려야 돼! 무서운 사람으로부터.

미정이는 그때부터 무술을 배우게 됐다고 했다. 아빠가 보고 싶 을 땐 아무거나 해야 참을 수 있으니까 미친 듯이 무술을 배웠단 다. 자신이 때린 친구들 부모님께 미안하다고 사죄를 하는 아빠 모 습을 본 후로는 친구들과 싸우지도 않았단다.

난 미정이를 꼭 안아줬다.

"아빠, 사랑해."

미정이가 내 귓가에 입을 대고 작은 소리로 말했다.

"나도 우리 딸 사랑해!"

"그래, 결혼식은 언제가 좋겠느냐?"

밤. 아버지는 모두를 모아 놓고 나와 미경이의 결혼식 날짜를 의논했다.

"23일에 하세요."

처제가 제일 먼저 말했다.

"23일? 왜 그래야 할까요?"

아버지가 미소를 지으며 물었다

"그날이 일요일이니까 제주도에서 올라 올 수 있거든요."

"옳거니! 우리 사돈처녀는 정말 똑똑하네요. 그날 결혼식을 하도록 해라!"

단순하게 일요일이란 이유로 날짜를 말한 것인데 아버지는 이렇게 결혼 날짜를 잡고 말았다.

밤. 처제가 보이지 않아서 밖으로 나왔다. 어딜 간 것일까. 혼자서.

얍! 정원 한쪽 마당에서 누군가 기합소리가 들렸다. 난 그곳으로 발걸음을 옮겼다. 누군가 둘이서 대련을 하고 있었다. 오미진 경호원과 놀랍게도 처제가 대련을 하고 있었다.

"...... ."

난 숨소리를 죽이며 살금살금 다가갔다. 두 사람 대련을 구경하기 위해서다. 저쪽에서 남자 경호원 둘이 구경을 하는 모습이 보였다.

"...... ."

난 두 사람 대련을 보다가 무척 놀랐다. 무술 종합 9단 오미진 경호원이 쩔쩔매고 있었기 때문이다. 특히 어린 처제의 발차기는 특이했다. 현란한 헛발치기와 함께하는 공격에 오미진 경호원은 계속 얻어맞고 있었다.

남자 경호원 둘이 날 발견하고 머리를 숙였다. 나도 입에 손가락을 갖다 대며 조용히 하라는 신호를 보내며 인사를 받았다. 남자 경호원 둘이 슬금슬금 내 곁으로 왔다.

"정말 대단해요."

남자 경호원 하나가 나한테 작은 소리로 말했다.

"그래요?"

내가 능청스럽게 물었다. 무슨 말인지 다 알면서.

"처제란 저 어린분이 어디서 저런 무술을 배웠대요?"

남자 경호원이 나에게 물었다

"태극권 3단에 합기도 1단이라고 들었네요."

내가 아는 대로 설명했다.

"아! 태극권이었구나. 그래도 그렇지, 왼손은 수술까지 했다면서
요? 붕대까지 감고 한손만 쓰는데."

남자 경호원이 탄성을 질렀다.

그 소리에 대련은 끝나고 말았다.

"영호야! 태극권이라고?"

오미진 경호원이 남자 경호원 목소리를 듣고 확인하듯 물었다.

"네! 누님! 도련님이 그렇다는데요"

남자 경호원이 얼른 대답했다.

"아냐! 태극권이 아니야!"

놀랍게도 오미진 경호원은 처제 무술이 태극권이 아니란다.

"합기도를 같이 배웠대요."

다시 남자 경호원이 말했다.

"헤."

처제는 오미진을 바라보며 웃었다.

오미진 경호원도 처제를 보며 뜻 모를 미소를 지었다.

"무슨 뜻이에요? 그 미소는?"

남자 경호원이 오미진에게 물었다.

"몰라도 돼! 그렇죠?"

오미진이 남자 경호원에게 말하고 다시 처제에게 물었다.

"네, 비밀은 지켜야 해요!"

처제는 눈을 찡긋거리며 오미진에게 말했다.

"물론이죠!"

오미진도 맞장구를 쳤다.

"사돈처녀! 놀이기구 타고 싶지 않아요?"

아침 식사를 하면서 아버지가 처제에게 물었다. 아침은 요리사가 알아서 처제 것은 처제가 좋아하는 닭백숙을 준비해줬다.

내가 미경이한테 물어보고 살짝 알려준 것이다.

"강 실장 아저씨, 어젠 미안했어요. 게으르다고 한 말 취소할게요."

처제가 닭백숙이 마음에 들었는지 열심히 먹으며 요리사한테 그렇게 말했다.

아버지 물음엔 그냥 웃음으로 답했다.

하룻밤 사이에 의젓해진 모습이다.

"며느리하고 사돈처녀 데리고 S공원에나 갔다 오너라."

아버지가 나한테 말했다.

"오미진 언니도 데리고 가면 안 돼요?"

처제가 아버지한테 뜻밖의 말을 했다. 벌써 오미진 경호원과 친해진 모양이다.

"그래요. 사돈처녀가 좋다면 데리고 가셔야죠."

아버지는 어제와 다름없이 처제한테는 자상한 미소로 말했다.

"와! 이 닭백숙 정말 맛있다! 최고예요."

처제가 요리사를 보고 엄지손가락을 치켜세우며 말했다.

"아이고, 그렇게 좋아하시다니. 저녁에 드시고 싶은 것 있으면 말씀하세요. 뭐든 다 해드릴게요."

요리사가 너스레를 떨었다.

"정말요?"

처제 두 눈이 반짝 빛났다. 뭔가 재미있는 생각을 한 모양이다.

요리사는 아차 했지만 이미 엎어진 물이다.

"전 고등어회와 갈치회로 만든 회덮밥, 더덕구이, 야채샐러드에 장어구이, 음, 그리고 지실 빈대떡, 독새기찜, 독새기말이. 헤헤."

처제가 장난스럽게 웃었다.

"지실은 알겠는데요, 독새기는?"

요리사가 처제와 미경이를 번갈아 바라보았다.

"독새기는 계란이에요."

미경이가 얼른 말했다.

"알겠습니다. 모두 준비해놓겠습니다."

요리사가 미소를 지으며 말했다.

별로 어려운 주문이 아니기 때문이다.

그런데 그 다음에 나온 처제의 말.

"아! 망고도 먹고 싶고, 풋사과도 먹고 싶다."

망고야 냉동이나 통조림으로 나오니까 구하긴 쉽다. 하지만 철이 아닌 풋사과라니.

"너! 무슨 임신이냐?"

미경이가 야단을 쳤다.

울먹울먹. 처제는 눈물을 글썽이며 나와 아버지를 번갈아 쳐다본다.

"아, 알겠습니다. 다 준비해드릴게요."

요리사는 급히 사태를 수습하려고 말했다.

처제가 일어나서 요리사 곁으로 가더니 귓속에다 뭐라고 소곤소곤 말했다.

"네, 알겠습니다."

요리사는 환하게 웃으며 말했다.

"메."

처제는 미경이를 보며 혀를 날름 내밀었다.

"너 오늘은 오빠와 나 따라오지 마!"

미경이가 발끈해서 말했다.

"형부한테 물어봐! 내가 항상 보디가드 하기로 했는데 보디가드가 안 가면 누가 가?"

처제가 입을 삐쭉 내밀었다.

"뭐? 보디가드?"

미경이가 처제와 나를 번갈아 바라보며 물었다.

난 고개를 끄떡거렸다.

"보디가드 필요 없다고 해."

미경이가 나한테 말했다.

"그럼 밤에도 보디가드 한다."

처제가 미경이한데 은근히 협박을 했다. 즉, 밤에 베개 들고 잠자리에 오겠다는 이야기다. 어젯밤에는 무슨 일로 오미진 경호원하고 같이 잔다고 가서 안 왔다. 정말 다행이라고 했는데……

미경이는 벌컥 겁이 난 모양이다. 나를 쳐다보며 도와 달라는 눈치를 보내더니 곧 항복을 하고 만다.

"알았다. 대신 낮에만 보디가드 해."

미경이가 선을 그었다.

"봐서. 형부가 위험하다 싶으면 밤에도. 헤헤"

처제가 장난기가 발동을 한 모양이다.

"뭐라고?"

미경이가 화난 얼굴을 했다.

"형부!"

처제가 겁을 먹은 표정으로 얼른 내게 달려와 두 팔로 허리를 안으며 얼굴을 내 가슴에 묻었다.

허. 난 어이없다는 표정으로 미경이와 아버지를 바라보았다.

"저게! 형부를 아빠로 아나? 안기고, 업히고, 뽀뽀하고."

미경이가 투덜거렸다.

S공원. 난 미경이를 데리고 놀이공원에 갔다. 처제와 오미진 경호원은 언제부터 그리 친했는지 마치 오래된 사이처럼 웃고 떠들며 돌아다니고 있었다.

점심시간이 돼서야 함께 모여서 식사를 하게 됐는데 술을 한잔 했는지 얼굴이 험상궂게 생긴 40대 남자가 술 냄새를 풍기며 옆 식탁에 와서 시끄럽게 떠들기 시작했다.

조금 시간이 지나자 친구인지 비쩍 마른 남자 하나가 더 와서 같이 떠들기 시작했는데 두 남자의 시선이 나와 세 명의 여자들에게 쏠렸다.

미경이와 오미진 그리고 처제까지 훑어보더니 하는 말.

"어느 놈은 계집을 세 명씩이나 데리고 다니고. 세상 참 불공평해."

"삼삼한데 안 그래?"

두 남자가 하는 말이 비위가 상했다.

한마디 하려는데 퍽퍽 둔탁한 소리가 들리더니 두 남자가 비명을 질렀다.

모두 손으로 허벅지를 문지르는 것이 한 방씩 맞은 모양이다.

"여기서 더러운 입 놀리지 말고 나가서 목욕이나 하고 와! 냄새 나잖아!"

턱하니 두 남자 앞에 버티고 서서 야단을 치고 있는 처제 모습에 두 남자는 어이가 없는 모양이다.

"요, 요, 계집애가!"

험상궂게 생긴 남자가 욕설을 내뱉으며 벌떡 일어서서 처제를 때리려고 손바닥을 들어 올렸다.

"으앙. 사람 살려요. 어른이 아이를 때린대요."

의외였다. 처제는 울며 소리를 지르고 있었다.

웅성웅성. 사람들이 몰려들고 있었다.

식당에서 식사를 하던 젊은 남자들 중 대부분이 두 남자를 노려보며 다가왔다.

"아, 아니에요! 이 계집애가…… ."

비쩍 마른 남자가 처제가 자기들을 때렸다고 말하려다가 참는다. 말을 해봐야 망신이기 때문이다.

험상궂게 생긴 남자가 의자를 뒤로 밀치고 식탁 옆으로 나왔다. 바로 오미진 옆이다. 오미진 발이 빠르게 움직였다. 어어. 험상궂게 생긴 남자가 오미진 발에 밀려 처제를 향해 넘어졌다. 누가 보면 마치 처제를 덮치려는 행동처럼 보였다.

"으앙."

처제가 무서워 벌벌 떠는 행동을 하며 살짝 앉았다가 일어섰다.

"크윽!"

험상궂게 생긴 남자가 비명을 질렀다.

처제가 앉았다 일어서며 머리로 턱을 올려친 것이다.

"이게!"

화가 난 험상궂게 생긴 남자는 정말로 처제를 공격했다. 큰 손바닥으로 처제 뺨을 사정없이 때렸다.

그러나 처제는 미꾸라지처럼 빠져나가며 발로 험상궂게 생긴 남자 허벅지를 걷어찼다.

"살려줘요!"

처제는 비명을 지르는 것을 잊지 않았다.

"으악!"

험상궂게 생긴 남자는 허벅지를 두 손으로 감싸며 뒤로 벌렁 나가 떨어졌다.

"으악!"

비명은 비쩍 마른 남자도 동시에 질렀다.

험상궂은 남자의 공격을 피해 도망가던 처제가 발로 비쩍 마른 남자 발등을 밟은 것이다.

"뭣 하는 거예요? 남자 둘이서 어린아이를 때리다니."

오미진이 벌떡 일어서며 화를 냈다.

"아, 아닌데!"

비쩍 마른 남자와 험상궂게 생긴 남자가 동시에 말했다.

"저런 것들은 혼내줘야 해! 벌건 대낮에 소녀를 희롱하다니."

나이가 많은 아주머니가 한마디 했다,

"맞아요! 혼내줍시다!"

누군가 그렇게 외치자 사람들이 우르르 달려들어 두 남자를 끌고 밖으로 나갔다.

찡긋. 처제는 오미진을 보며 눈을 찡긋거렸다. 오미진이 엄지손가락을 치켜세웠다.

허. 난 그만 머리를 흔들고 말았다.

점심 식사가 끝나고 다시 오미진과 처제는 바이킹을 탄다고 가버리고 나와 미경이는 공원을 거닐고 있었다.

웅성웅성. 갑자기 바이킹을 타는 곳에서 사람들이 웅성거렸다.

나는 무슨 일인가 미경이와 함께 가보았다.

또 처제였다.

20대 커플 같은 남자를 몰아세우고 있었다.

"처제 무슨 일이야?"

내가 처제한테 물었다.

"이 아저씨가 성추행했어. 으앙."

처제는 나를 발견하고 울음을 터뜨렸다.

"뭐라고? 오미진 씨, 어떻게 된 일입니까?"

난 처제와 오미진을 번갈아 바라보며 물었다.

"아, 아니에요! 그런 게 아니에요!"

20대 남자는 어쩔 줄 몰라서 안절부절못했다.

퍽. 처제 발이 20대 남자 발목을 걷어찼다.

"내 무릎을 만지고도 아니라고? 형부. 이 남자가 내 무릎을 만졌단 말이야! 으앙."

처제가 20대 남자한테 말하고 나에게 달려와 울며 말했다.

"아니에요. 바이킹 타다가 흔들려서 그쪽으로 쏠렸던 것뿐이에요. 그래서 실수로 손으로 중심을 잡는다는 것이. 죄송해요!"

20대 남자가 나에게 말했다

"언니, 내가 언니 무릎 만졌어?"

처제가 오미진에게 물었다.

"아니!"

오미진이 말했다.

"그럼 언니는 옆에 있는 사람 무릎 만졌어?"

처제가 다시 물었다.

"아니!"

오미진이 대답했다.

"들었죠? 나도 이 언니도 안 그랬는데 왜 아저씨만 그랬을까?"

처제가 따지듯 물었다.

20대 남자는 어찌 대답을 해야 좋을지 몰라 당황해하고 있었다.

웅성웅성. 주위 사람들마저 20대 남자를 성추행범으로 보는 눈치였다. 이미 20대 남자 애인 같은 여성은 눈에 눈물이 가득 고여 있었다.

"미정아!"

오미진이 사태를 수습하려는 모양이다.

"응?"

처제가 오미진을 바라보며 대답했다.

"미정이와 난 무술 고단자잖아. 무술인은 그 정도 흔들림에도 끄떡없지만 보통 사람은 그렇지 않단다. 그래서 우린 옆 사람을 만지지 않아도 됐지만 저 사람은 아니란다. 무슨 뜻인지 알겠지?"

오미진이 말했다.

우. 저 아이가 무술 고단자래. 주위 사람들이 수근거리기 시작했다.

"아! 알았다! 그럼 저 아저씨가 몸이 허약해서 그랬단 말이지?"

처제가 눈을 반짝이며 물었다.

"응."

오미진이 아니라고 말은 못하고 작은 소리로 대답했다.

퍽. 처제 발이 20대 남자 허벅지를 걷어찼다.

20대 남자는 짧은 비명을 질렀다.

"헤헤, 정말이네! 허약해, 허약해, 남자가."

처제가 20대 남자를 한 바퀴 돌며 중얼거렸다

"좋아요! 실수란 걸 인정하죠. 운동 좀 하세요."

처제가 20대 남자 등을 손으로 툭 치며 말했다.

"죄송합니다."

20대 남자는 다시 사과했다. 무척 착한 사람 같았다.

"처제 가자!"

난 얼른 처제 손을 잡고 현장을 벗어났다. 떨어져 있으면 또 사고를 칠 것 같아서 내가 한마디 했다.

"보디가드가 자기들끼리만 놀고……."

그 한마디에 처제는 내 곁에서 조금도 떨어지지 않고 다녔다.

그날부터 어디를 가나 졸졸 따라다녔다. 서울에서 5일째 되는 날 처제는 다시 병원에 갔다. 다행스럽게 실밥을 뽑아도 될 만큼 회복이 빠르다 했다.

나는 처제와 미경이를 데리고 저녁 늦은 비행기로 제주도로 왔다. 피곤했던 나는 장모님 댁에 도착하자마자 인사만 하고 바로 잠자리에 들었다. 미경이와 처제는 장모님과 두 처제에게 서울 갔던 이야기를 하느라고 정신이 하나도 없었다.

밤. 화장실을 가려고 잠에서 깬 나는 어이가 없었다. 오른쪽엔 미경이가, 왼쪽엔 미정이 처제가 또 베개를 들고 와서 자고 있었다.

젠장. 여기만 오면 병이 재발하는군. 난 그런 생각을 하며 화장실에 다녀와서 처제 이불을 잘 덮어주고 잠자리에 들었다.

새벽에 난 다시 처제가 내 얼굴이며 눈이며 손으로 만지는 것을 느끼고 잠에서 깼다. 그런데 처제는 잠들어 있었다. 내 얼굴을 만지며. 허, 어쩐다, 처제 손을 치울 수 없어서 그냥 누워있었다. 처제 손은 내 얼굴에서 떠나질 않고 계속 입술과 코, 그리고 눈까지 만지고 있었다. 아주 편안하게 잠을 자면서. 아버지를 모르고 자라서 내가 아버지처럼 느껴지는 모양이다.

스스로 손을 치울 때까지 가만히 누워있던 나는 갑자기 처제 얼굴이 내 얼굴로 다가오며 머리카락이 내 얼굴을 간지럽게 하는 것을 느꼈다. 처제는 내 입술에 뽀뽀를 하고 있었다. 잠에서 깬 모양이다. 눈을 뜨면 처제가 민망스러워할까 봐 잠시 더 눈을 감고 있었다.

쪽쪽. 뽀뽀를 두 번이나 하고서야 처제는 일어났다. 문이 열리는 소리가 들리고 처제가 밖으로 나간 것을 확인하고 난 일어났다.

이미 미경이는 보이지 않았다. 아마 아침 준비를 하려고 나간 모양이다.

잠시 시간을 두고 밖으로 나온 나는 처제가 세숫물을 준비하고 날 기다리고 있는 모습을 보았다.

"고마워!"

난 얼른 세수를 했다.

"나도 세수 시켜줘!"

처제가 다시 세숫물을 세숫대야에 반쯤 떠오며 나한테 말했다.

"그래. 여기 앉아."

난 처제를 내 앞에 앉게 만들고 세수를 시켜줬다.

"난 형부 냄새가 좋아."

처제가 뜻밖의 말을 해서 날 당황하게 만들었다.

"무, 무슨 냄새?"

"아빠 냄새."

"아빠 냄새를 기억해?"

"아. 아니. 그냥 아빠 냄새 같아."

음. 그렇구나. 그런 거였어.

"오늘 학교에 갈 거지?"

처제가 나에게 물었다.

오늘 전학 문제로 처제 학교에 가기로 했다. 물론 다른 두 처제
도 마찬가지다.

"응! 그래야지!"

내가 말했다.

"그럼! 음. 형부라 하지 말고. 있잖아!"

처제가 뭔가 말을 하려다가 만다.

"뭔데?"

"선생님들한테는 아빠라 하면 안 돼?"

처제는 학교 선생님들한테 나를 아빠라고 소개하고 싶은 모양이다.

"당연히 내가 아빠잖아!"

난 얼른 대답했다.

"역시 아빠 최고!"

미정이 처제가 엄지손가락을 치켜세웠다

"우리 아빠 어때?"

"우리 아빠다."

미정이 처제는 학교에서 내 곁에 졸졸 따라다니며 만나는 친구들마다 그렇게 자랑했다

이소진과의 재회

보슬보슬 봄비가 내리고 있었다. 난 결혼 준비 때문에 서울로 돌아왔다. 결혼 준비는 여자만 많은 것이 아니다. 남자도 꽤 많다. 아버지와 같은 집에서 살게 되어 신혼 방을 꾸며야 하고 또한 오래된 가구들도 교체를 하기로 했다.

청첩장도 만들고 친구들에게 연락도 하고 1주일 남은 결혼식 준비는 차곡차곡 준비가 되어갔다.

결혼식을 3일 남겨둔 그날, 따르릉 한 통의 전화가 내게 걸려왔다.

"여보세요?"

전화번호는 처음 보는 것이었다.

난 공손하게 전화를 받았다.

"선배! 저, 이소진이에요."

전화를 건 상대방은 이소진이다. 박변호의 여자친구.

"아, 네. 오랜만이네요. 요즘은 어떻게 지내세요?"

실로 오랜만이었다. 내가 중국에 나가서 10년을 있다 왔으니 그 동안 연락이 끊겼던 친구나 후배들은 모두 10여 년 만에 처음이다.

Y대학에 다닐 때 보고 처음이니 아마도 이소진은 이미 시집을 갔을 것이다. 박변호와 결혼을 했을까?

"선배! 술 한잔 같이 하실래요?"

이소진은 나를 만나고 싶은 모양이다. 난 이소진이 정한 약속 장소로 나가기로 했다. 결혼을 했으면 이미 꽤 큰 아이가 있을 텐데, 박변호 이 녀석이 알면 기분이 좋지는 않을 텐데, 이런 저런 생각을 하며 이소진과 만나기로 한 아현동 K민속주점으로 갔다.

그리고 난 다음날 아침이 돼서야 집으로 들어왔다.

결혼식을 2일 남겨둔 날, 다시 한 통의 전화가 왔다. 황지미. 요즘 TV 드라마에 등장하면서 물오른 연기 실력을 뽐내는 스타. Z여고 퀸 출신으로 V쇼핑몰 전속모델로 데뷔했다. 이미 나이가 30대 후반으로 접어들었지만 몸매나 미모는 예전 그대로 같았다.

난 TV에서 본 그녀를 떠올리며 만나자는 장소로 나갔다. 그리고 역시 그 다음날 아침이 돼서야 집으로 들어왔다. 결혼을 2일 남겨두고 난 이틀간 두 가지 비밀을 안고 결혼을 해야만 했다. 두 가지 비밀.

결혼식을 1일 남겨두고 김포공항에서 미경이와 3명의 처제들을 데리고 집으로 왔다. 장모님은 내일 아침 비행기로 친척 분들과 같이 올라오시겠다고 하였다.

며칠 떨어져 있었다고 울먹거리며 나에게 달려와 품에 안긴 것은 역시 미정이 처제다.

집에 도착해서는 아버지에게 똑같은 행동을 보였다. 아버지는 그런 처제가 사랑스럽다는 표정이었다.

처제들 방을 각각 하나씩 만들어줬다. 방에 이름까지 붙여줬다. 방안 가구들은 공주방처럼 꾸며줬다. 처제들은 방을 구경하고 무척 좋아했다.

"고마워요."

미경이가 자기 동생들을 대신해서 내게 고맙다고 했다.

"고맙긴 이제부터 난 처제들 오빠처럼 아빠처럼 그렇게 살 거야. 그러니 고맙다는 말은 안 해도 돼."

난 미경이 어깨를 두 팔로 포근히 감싸줬다.

"여보!"

미경이 입에서 처음으로 여보 소리가 나왔다.

"으이그, 닭살. 그냥 오빠라 해!"

난 온몸을 부르르 떠는 시늉을 하면서 말했다.

신혼 방을 꾸며놓은 곳에서 나와 미경이는 둘만의 시간을 가졌다. 처제들 모두 제각각 방에서 나올 줄을 몰랐다. 꾸며놓은 방이 맘에 들었던 모양이다.

"우리 정말 행복하게 살아요. 네?"

미경이가 내 품에 안겨서 말했다.

"그래. 그동안 못해준 사랑을 평생 다 갚아줄게. 그리고 혜지 잘 키워줘서 고마워. 사랑해!"

난 미경이를 꼭 안아줬다. 우린 달콤한 키스를 했다. 키스는 무척 길게 했다.

아직 이른 초저녁. 미경이와 난 방문을 잠그고 단 둘만의 공간에서 3번째 섹스를 즐겼다. 몸을 씻고 침대에 누워 잠을 청했다. 미경이도 내 팔을 베개 삼아 잠이 들었다.

새벽에 화장실을 가려고 잠이 깬 나는 어이가 없었다.

침대 위에 아내와 나 사이엔 어김없이 미정이 처제가 잠들어 있고, 침대가 모자라서 잠잘 데가 없었는지 나머지 두 처제도 방바닥에서 잠들어 있었다. 베개와 이불까지 들고 들어와서.

으으으. 평생 이러고 살아야하나. 처제들이 왜 이런 거야!

난 발로 처제들을 밟을까봐 살금살금 조심해서 밖으로 나갔다.

화장실을 나오던 나는 다시 소스라치게 놀랐다.

"처제!"

난 내 앞에서 웅크리고 서 있는 미정이 처제를 발견하고 말했다.

"헤, 보디가드가 잠이 들면 안 되는데."

처제는 방긋 웃었다.

"이런! 밤엔 보디가드 안 하기로 해놓고."

난 처제 어깨를 두 손으로 감싸 방 쪽으로 몸을 돌리게 만들며 말했다.

"헤. 1주일간 낮에도 보디가드 못 해드렸으니깐 밤에도 해야 돼요."

처제는 당연하다는 투로 말했다.

어휴. 앞으로 살아갈 일이 걱정이군. 다른 처제들은 안 그럼 좋겠는데.

신혼여행과 보디가드 이소진

S웨딩홀.

서울 외각에 위치한 S웨딩홀은 오픈을 한 지 겨우 1달 정도 돼서 아직은 한가하고 주차장도 넓어서 아버지는 호텔에서 하자고 하시는 걸 내가 이곳에다 예약을 했다.

멀리 한강이 내려다보이고 요즘 한창 신도시 개발을 하고 있는 김포공항에서 가까운 곳 김포시 입구에 자리 잡고 있었다. 이곳으로 결정한 이유 중 하나는 제주도에서 올라오는 손님들이 이동하기 쉬운 곳이기 때문이다.

한창 배가 고플 시간대인 12시로 시간을 맞췄다.

아버지의 손님들이 더 많았다. 나에겐 친구와 학교 동창회 정도라 볼 수 있었다. 하객들 중엔 이소진, 황지미도 보였다. 특히 이소진은 뭔가 기분이 좋지 않은 표정이었고, 황지미는 누가 알아볼까 봐 검은 안경을 쓰고 살짝 얼굴만 비치고 곧 돌아갔다.

사회는 동창회에서 늘 오락과 사회를 담당하는 친구가 맡았다.

신랑 신부가 동시에 같이 입장을 하기로 하였다. 신랑 신부입장을 하고 S대학 F교수가 주례사를 하고 축가는 인기가수 B씨가 노래를 부르며 결혼식은 화려하게 끝났다.

결혼식 피로연은 미경이와 난 참석을 못했다. 친구들과 결혼식으로 피로할 것 같아서 신혼여행을 위한 비행기 표를 1시 20분에 예약을 해놔서 부랴부랴 인천공항으로 가야만 했다.

신혼여행은 뉴질랜드로 결정했다.

화려한 결혼식. 그 두근두근 신혼여행 길에 문제가 생겼다. 뉴질랜드행 비행기에서부터.

미경이와 나란히 손을 잡고 비행기에 탑승을 했는데,

"……?"

무심코 고개를 돌리던 나는 깜짝 놀랐다. 바로 옆 통로 건너편 두 번째 자리에 앉은 여인. 나와 눈이 마주쳤다. 움찔하면서 고개를 황급히 돌렸는데 이미 그 여인이 누군지 난 알았다.

이소진. 학교 선배 박변호의 여자 친구로서 나와 첫 대면을 했던 여인. 또한 결혼식 3일 전에 만나자는 연락을 했던 여인. 결혼식에 하객으로 참가하고 얼굴 표정이 밝지 못했던 그녀. 왜 같은 비행기를 탔을까? 아무튼 그녀는 나를 힐끗힐끗 쳐다보며 뭔가 할 말이 있는 표정이었으나 끝내 말을 하지는 않았다. 다행스럽게도 미경이는 비행기를 타자마자 곧 잠이 들어버렸다.

"저기!"

스튜어디스가 내게 쪽지를 내밀었다.

"......?"

난 무심코 받아 쪽지를 펼쳤다. 이소진이 보낸 것이다. 쪽지엔 단 한 줄의 글이 쓰여 있었다. '사랑해요!' 이, 이건, 무슨 뜻이지? 난 쪽지를 읽고 얼른 이소진을 바라보았다. 이소진은 나를 바라보며 눈을 찡긋거렸다. 난 이소진이 보낸 쪽지를 미경이가 볼까봐 얼른 찢어 음료수 컵에 담아 스튜어디스를 줬다. 그런 내 모습을 본 것일까. 이소진이 나를 바라보며 뜻 모를 미소를 지었다.

"저기 죄송한데요, 자리 좀 바꾸면 안 될까요?"

이소진은 옆자리 손님에게 자리를 바꾸자고 했다. 내 바로 옆으로 오려고 하는 것이다. 통로 바로 옆자리 손님은 냉큼 일어나서 자리를 바꾼다. 이소진이 자리에 앉아마자 나를 빤히 바라본다.

흠. 난 작은 헛기침을 했다.

이소진이 내게 뭔가를 준다. 방금 스튜어디스에게서 받은 사탕 하나. 젠장. 뭘 하려는 거야. 난 그냥 고개를 살짝 흔들었다. 받기 싫다는 뜻인데 이소진은 냉큼 일어서서 내 손을 잡아당기며 사탕을 내 손에 놓고 자리에 가서 앉았다.

뭣 하는 거야? 난 표정으로 그렇게 물었다.

이소진은 두 손으로 작게 하트를 그려 보이며 미소를 짓는다. 난 그만 고개를 돌려 버렸다. 아니 잠을 청했다.

뉴질랜드 공항에 도착한 나는 미경이를 데리고 공항을 빠져 나왔다.

바로 뒤에 이소진이 나를 따라 같이 공항을 나왔다.

택시를 불러 타고 호텔로 향했다.

바로 뒤 택시를 탄 이소진 역시 내가 탄 택시를 바싹 뒤따르고 있는 것이 보였다.

"저 아가씬 누구에요?"

미경이가 눈치를 챈 모양이다.

"누구?"

난 시치미를 떼고 물었다.

"비행기에서, 공항에서, 지금은 택시를 타고 왜 우릴 따라오죠?"

미경이가 이미 모든 것을 다 보고 있었던 모양이다.

"그게, 저……."

난 미경이에게 이소진에 대해서 무슨 말을 해야 하나 말을 더듬으며 생각을 하기 시작했다.

화려한 결혼식, 두근두근 신혼여행이 이소진 때문에 망치면 안되기 때문이다. 두 가지 비밀을 안고 올린 결혼식. 그중 한 가지 비밀. 그건 신혼여행을 망치는 일이다.

고민에 고민을 하던 나는 결국 사실을 밝히기로 마음먹었다. 달콤해야 할 신혼여행. 이소진 때문에 그렇게 망치고 있었다.

우와, 되는 일이 하나도 없어. 다 아버지 때문이야!

"혹시……?"

미경이가 뭔가 눈치를 챈 모양이다.

나를 쳐다보며 뭔가 말을 하려다가 그만둔다.

"무슨 생각을 하는 거야?"

난 미소를 지으며 물었다.

"혹시 말이에요……."

미경이가 다시 뭔가를 물어보려는 모양인데 그 표정이 좀 미묘하다.

"왜 말을 하려다가 말아? 무슨 생각을 하는 건데?"

내가 다시 물었다.

"오미진 씨처럼 저분도 보디가드예요?"

미경이가 두 눈을 반짝이며 물었다.

"와! 미경이 똑똑하다. 맞아 보디가드야."

난 얼른 말했다. 그리고 마치 뒤에서 따라오는 이소진을 관찰하는 것처럼 고개를 돌렸다.

계속 뒤통수가 뜨끔뜨끔한 것이 미경이가 계속 나를 쳐다보는 모양이다. 말은 그렇게 했어도 믿지 못하는 모양인가?

"어찌 그럴 수가 있어요?"

미경이가 잠시 말을 끊고 있다가 갑자기 소리를 질렀다.

"뭘?"

난 다시 미경이를 바라보며 물었다.

반짝. 미경이 눈에 눈물이 고여 있었다.

이런! 신혼여행부터 눈에 눈물이 고이게 만들다니. 난 참 나쁜 남자구나. 저런 혹을 달고 왔는데 누가 좋아하겠는가.

그런 내 생각과는 반대로 미경이 눈에선 눈물이 주르륵 흘렀다.

"왜! 왜 그래?"

난 당황해서 얼른 손으로 미경이 눈물을 닦아주며 물었다.

"정말 전 오빠를 믿었어요."

미경이가 눈에서 눈물을 펑펑 쏟기 시작했다.

"이, 이런! 무슨 생각을 하는 것이야?"

난 어찌 할 바를 몰라서 그냥 미경이 눈물을 닦아주는 것뿐이었다.

"정말 보디가드예요?"

미경이가 다시 묻는다.

"그래, 맞아. 이소진은 보디가드야."

난 얼른 말했다.

미경이가 마치 진실과 거짓을 알아보려는 듯 내 두 눈을 계속 바라보았다. 미경이 눈이 순간적으로 반짝였다.

"정말 보디가드군요. 오빠는 거짓말을 안 하고 있어요. 제가 오해를 했나 봐요."

미경이가 눈물을 닦았다.

"무슨 생각을 했는데?"

내가 미소를 지으며 물었다.

"전, 전, 그게."

미경이가 말을 더듬고 있었다.

"혹시 애인이라도 되는 줄 알았나?"

내가 얼른 물었다.

미경이가 그런 오해를 하는 것 같았기 때문이다.

"네, 사실은. 미안해요."

미경이가 말했다.

"이소진에 대해서 이야기 해줄게."

난 미경이에게 이소진과 나의 관계를 이야기했다. 한때 선배 박
변호가 너무 보기 싫어서 그 여자 친구인 이소진을 확 어떻게 해버
릴까 생각도 했지만 젊은 날의 꿈에 지나질 않았다. 어찌된 일인지
이소진은 박변호와 헤어지면서 나에게 친밀감 있게 다가왔다. 아
무리 그렇다 해도 여자 앞에만 가면 자신감을 잃고 말까지 더듬는
나는 이소진과의 관계를 더 이상 발전시키진 못했다.

자신감이 없고 결단력도 없는 남자에겐 여자가 확 덤벼야 된다
고 누군가 말했다. 바로 황지미가.

이소진은 영어를 무척 잘했다. 외국어를 영어 하나만 완벽하게
배운 점도 있지만 스스로 소질이 있다고 믿었단다.

대학에서 한때 태권도부에 들어가 학교 대표로 선발되기까지 했
던 경험을 바탕으로 이번 신혼여행에 보디가드로 선발됐다. 아버
지에 의해서.

이미 그렇게 결정이 된 후 이소진은 나에게 연락을 해서 만나자
고 했고, 난 그날 이소진을 떼어 놓으려고 별 수단을 다 동원했으
나 학비 마련을 위한 아르바이트라고 하는 이소진을 매정하게 물

리치지 못했다. 새벽까지 이소진을 떼어 놓으려던 작전이 실패로 돌아가고 결국은 보이지 않게 멀리 떨어져서 따라다니기로 약속을 받고 아침이 돼서야 집으로 돌아온 것이다.

그런데 이소진이 그 약속을 어긴 것이다.

박변호와 헤어지고 나와 가까이 지내고 싶었지만 여자에 대해선 완전 초보였던 나와 가까이 지낸다는 것 자체가 어려웠다. 첫날부터 술에 취해 모텔까지 함께 들어가 잠을 잤지만 술에 취해서 정신없이 떨어진 상태로 밤을 보낸 것이다. 그런 날 이소진이 아직도 장난을 치고 싶은 것이다. 꽤나 심심했던 모양이다.

"왜 저 아가씨를 아버님은 보디가드로 신혼여행에 보내셨나요?"

미경이가 나에게 물었다.

"이래 봬도 내가 3대 독자야. 그러니 아버지는 자식 걱정을 하신 게지. 아버지 뜻을 물리치면 아버진 신혼여행을 마치고 갈 때까지 걱정을 하실 거야. 그래서 어쩔 수 없었어."

난 미경이의 이해를 구했다.

"보디가드. 뭐, 그 정도야 좋아요."

미경이가 미소를 지으며 말했다.

"고마워, 이해를 해줘서."

난 미경이 어깨를 꼭 안아줬다.

"고맙긴요, 사실 제가 더 고마운걸요."

"뭐가?"

"미정이를 귀여워해줘서요."

귀여운 처제 이야기다.

"미경이 동생은 내 동생이기도 하잖아. 고맙긴."

난 미경이를 안은 팔에 더 힘을 줬다.

"정말 그렇게 생각하죠?"

미경이가 고개를 돌려 내 얼굴을 보며 묻는다.

"물론. 왜 뭐 또 다른 생각이?"

난 미경이를 보며 되물었다

"아뇨. 전 오빠를 믿어요. 엄마도 오빠를 믿고요. 제 동생들도 믿
어요."

미경이가 당연하다는 투로 말했다.

난 그냥 미소로 답했다.

"사실 덕신 할망이 이런 이야기도 했거든요. 처제들을 다 맡겨도
잘 보살펴 줄 거라고."

미경이가 말했다.

젠장. 덕신 할망이 언제부터 내 인생에 관여하기 시작한 거야.

"음, 그리고 또 하나."

미경이가 뭔가 또 말을 하려고 했다.

무슨 말일까. 난 미경이 입만 바라보는데 미경이 입에서 나온 말은 큰 충격이었다.

"미정이만 그런 게 아니에요. 같이 살아보면 알지만 미주도 미희도 다 그럴 거예요."

미경이가 말했다.

"뭐? 설마 미정이 처제처럼?"

난 미경이 말에 의문을 품었다.

"아뇨. 아마 더 심할 거예요."

미경이 눈은 절대 장난이 아니었다. 진실이었다.

우와, 더 심하다니…….

보디가드와 통역까지 맡은 이소진 덕분에 호주 신혼여행은 무사히 끝났다. 조금은 불편했고 장난스러운 행동을 가끔 했지만 이소진은 자기 할 일을 묵묵히 했다.

신혼여행에서 돌아온 나는 귀염둥이 딸 혜지는 외할머니한테 맡기고 새로운 딸들 처제 셋을 맡았다.

신혼생활

　10살 난 딸도 외할머니 댁에 있으니 달콤해야 할 신혼이었지만 신혼여행에서 돌아온 그 날부터 처제들의 묘한 행동 때문에 때로는 즐거워서 웃고, 때로는 곤혹스러워 웃고, 때로는 어이없어서 웃어야 했다.

　웃고, 웃고, 또 웃고.

　그 묘한 신혼 생활은 신혼여행에서 돌아 온 첫날부터 시작됐다.

　"내가 요기서 잘래!"

　"이게! 여긴 내 자리란 말이야!"

　"네 자리가 어디 있어? 오늘은 내 자리 할래!"

　처제 3명이 다툼을 하고 있었다.

바로 나와 미경이 가운데 잠자리를 놓고 다투는 것이다.

"너네 방으로 가! 형부 피곤하단 말이야!"

미경이가 짜증을 부렸다.

으앙. 3명의 처제들은 약속이라도 한 듯 동시에 울음을 터뜨렸다.

"무슨 일이냐?"

아버지가 처제들 울음소리를 듣고 거실에서 큰 소리로 물었다.

"아! 아무 것도 아니에요."

미경이가 얼른 대답했다.

"조용히 해!"

미경이는 작은 소리로 처제들에게 말했다.

뚝. 약속이나 한 듯 동시에 울음을 그쳤다.

"그럼 제비뽑기로 하자."

미경이가 얼른 처제들을 달래려는 모양이다.

"제비뽑기?"

난 어이가 없어서 웃고 말았다.

미경이가 뭔가 구석에 엎드려서 6개 쪽지에 글을 써 넣고 잘 접어들고 처제들 앞에 내밀었다.

"왜 6개야?"

고등학생 처제 미희가 물었다.

"세 개는 너희 방으로 간다. 그러니 잘 뽑아."

미경이가 말했다.

처제들은 서로 눈치를 보며 하나씩 쪽지를 가져갔다.

쳇. 처제들은 투덜거리며 쪽지를 펼쳐 보였다.

'혜지 동생을 만들게 오늘은 각자 방에서 잔다.'

으하하하. 난 세 명의 처제들이 펼쳐 보인 글을 읽고 웃음을 터뜨렸다.

"나머진 뭐야?"

미희 처제가 미경이가 들고 있는 남은 3장을 노려보며 물었다.

박박. 미경이는 나머지 쪽지를 여러 번 찢어 휴지통에 버렸다.

"엥, 뭐야? 나머지 3장도 다 같은 글이지?"

미희가 가소롭다는 듯 물었다.

"어디 봐. 확인하자!"

처제들은 휴지통을 엎고 미경이가 찢은 쪽지를 한 조각 한 조각 맞춰 나가기 시작했다.

으아. 다 같은 글이잖아. 처제들이 미경이를 노려본다. 미경이는 두 손을 싹싹 비빈다. 혀를 쏙 내밀고.

하하하. 난 다시 웃고 말았다.

"형부!"

미주 처제가 나를 묘한 표정으로 보며 묻는다.

"응? 왜 그래?"

내가 물었다.

"혜지 동생을 무엇으로 만들어? 진흙으로 만드나?"

두 눈을 반짝이며 내 대답을 기다리는 미주.

풉! 난 다시 웃고 말았다.

"왜 웃지, 형부는?"

미주가 미희 처제한테 묻는다.

"바보! 언니와 형부가 뽀뽀를 하면 혜지 동생이 생기는 거야."

미희 처제가 대충 둘러댔다.

"엥? 그, 그럼!"

미주 처제가 미정이 처제를 묘한 눈으로 바라본다.

"왜?"

미정이 처제가 자신을 묘한 눈으로 바라보는 미주 처제한테 물었다.

"언니 너도 혜지 동생이 생겼겠네?"

미주 처제가 당연하다는 투로 묻는다.

우우우. 난 웃음을 참느라고 배가 아플 지경이다.

"내가 왜?"

미정이 처제가 이상하다는 듯 다른 처제들을 차례차례 훑어보며 물었다.

"넌! 형부하고 매일 뽀뽀했잖아!"

당연하다는 투로 미주 처제가 말한다.

하하하. 난 결국 웃음을 참지 못하고 웃고 말았다.

"우리 오늘은 그냥 각자 방에서 자자."

미희 처제가 그래도 철이 들었다고 그렇게 말했다.

"안 돼! 난 형부 보디가드란 말이야!"

미정이 처제가 얼른 침대 가운데 가서 누웠다.

"그럼 나도 형부 보디가드 할래."

미주 처제가 미정이 처제 옆으로 가서 눕고.

"형부 보디가드는 하나만 해!"

미경이가 딱 잘라 말했다.

"음. 그럼 난 팔베개 담당할 거야!"

미주 처제가 제대로 뭔가 하나 건졌다는 표정이다.

"안 돼! 그건 언니 몫이야!"

미경이가 소리쳤다.

울먹울먹. 금방 울음을 터뜨릴 듯 두 눈에 눈물이 주르륵 흐른다.

"아, 알았어! 울지 마!"

미경이가 거실 아버지 눈치를 보며 얼른 미주 처제를 달랬다.

"음. 난 그럼 형부 눈가리개 담당이나 해야지."

미희 처제가 쏙 혀를 내밀며 미경이를 약 올린다.

"너!"

미경이가 화난 표정을 지었다. 다 큰 미희까지 그렇게 나올 줄 몰랐다는 것이다.

으앙. 미희 처제가 울음을 터뜨렸다. 눈물도 없는 거짓 울음인데 다급하게 미희 입을 가리며 미경이는 또 허락하고 말았다.

"밤에 무슨 눈가리개가 필요해?"

미정이 처제가 미희 처제를 보며 입을 삐쭉거린다.

"밤에 형부 주무시는데 너희들이 화장실 가려고 불을 켜면 형부 눈 버린단 말이야!"

미희 처제가 당연하다는 투로 말한다.

"음!"

결국 미정이 처제도 수긍을 하고 말았다

"침대는 하나인데 어떻게 5명이 자냐?"

난 웃으며 처제들한테 물었다. 음. 처제들은 한동안 서로 눈치를 보며 뭔가 골똘히 생각하고 있었다. 미경이가 나를 보며 엄지손가락을 치켜세웠다. 처제들이 고민하는 모습을 보였기 때문이다.

"3일에 한 번씩 교대로 하자!"

미희 처제가 좋은 생각을 했다는 표정으로 말했다.

"그럼, 난 오늘 할래!"

미정이 처제가 말했다.

"아냐, 오늘은 내 차례야!"

미주 처제가 말했다.

"모두 그만! 가위 바위 보로 정한다. 이기는 사람이 우선 말하기."

미희 처제가 말했다.

"좋아!"

처제들은 모두 가위 바위 보를 했다. 제일 먼저 이긴 처제가 막내 미주였다. 우와. 마치 무슨 대회에서 우승한 것처럼 기뻐하며 오늘을 택했다. 두 번째 가위 바위 보에서 이긴 것은 미희 처제다. 으앙. 꼴찌를 한 미정이 처제는 울음을 터뜨렸다.

"조용히 해! 울면 하루씩 건너뛰기."

미경이가 말했다.

뚝.

"그게 무슨 말이야?"

미정이 처제가 무슨 뜻인지 모르겠다는 투로 묻는다.

"한 번 울면 자기 차례가 와도 너네 방에서 자란 이야기야!"

미경이가 말했다.

"쳇! 그런 게 어디 있어?"

미정이 처제가 말했다.

"왜? 너네만 선택권이 있고 난 없냐?"

미경이가 말했다.

처제들은 잠시 고민을 하기 시작했다.

"좋아! 안 울면 되지 뭐."

처제들은 미경이 뜻을 받아들였다.

"난 그럼 오늘은 오미진 언니하고 자야지."

제일 먼저 미정이 처제가 방을 나갔다. 오호. 제법 철이든 모습 같았다. 잠시 후 미희 처제도 방을 나갔다. 자신들이 정한 룰을 끝까지 지키겠다는 처제들 의지에 난 조금 안심을 했다.

이건 뭐야. 초저녁부터 미경이와 내 사이에 끼어서 잠을 자는 미주 처제는 잠버릇이 고약했다. 내 얼굴이 자기 얼굴인지 착각을 한 모양이다. 손가락으로 벅벅 긁기도 하고 다리를 내 배위로 척 올리기도 했다.

참다못해 미경이가 눈을 찡긋거리며 미주 처제를 안아 방바닥에 이불을 깔고 뉘었다.

　야호. 미경이와 난 단둘이 홀가분하게 침대에서 잠이 들었다.

　퍽.

　"으윽! 이게 뭐야!"

　잠자던 나는 강한 충격에 잠에서 깨어 불을 켰다. 으으. 미주 처제가 미경이 배를 베개 삼아 내 배위에 다리를 올리고 잠을 자는 것이었다. 난 하는 수 없이 내가 방바닥에서 잠을 자야했다.

처제들의 합동 작전

아침.

"형부!"

미희 처제가 나를 부르는 소리에 미희 처제 방으로 갔다.

"왜?"

난 방문을 살짝 열고 물었다.

"처제 옷 갈아입을 테니까 들여다보지 마세요."

미희 처제의 말은 황당했다. 이건 무슨 황당한 이야기야. 그냥 문을 잠그고 옷을 갈아입으면 되고, 노크도 없이 내가 처제들 방을 열지도 않을 텐데.

난 썩 기분이 좋지 않았다.

"이상하게 생각하지 말아요. 쟨 항상 그렇게 말해요. 엄마한테도 나한테도."

미경이가 나한테 살짝 말해주지 않았다면 난 오해할 뻔했다.

"형부!"

이번엔 미주 처제가 날 불렀다.

화장실에서다.

"왜 그래?"

난 화장실 밖에서 물었다.

"형부, 휴지가 떨어졌어."

미주 처제가 날보고 휴지를 갖다 달라고 한다. 젠장. 아무리 그래도 화장실까지 들어갈 수는 없지. 난 마침 오미진 경호원이 보여서 휴지를 처제에게 갖다 주도록 부탁했다.

"형부!"

미정이 처제 목소리다.

또 뭐야. 난 미정이 처제에게 달려갔다.

아. 미정이 처제는 입을 딱 벌리고 있다. 손가락으로 입안을 보라는 신호를 한다. 뭐가 들어갔나. 난 처제 입을 들여다봤다. 없다. 아무것도.

"왜 그래?"

난 미정이 처제 입 안에서 아무것도 발견하지 못하고 물었다.

"저 충치 없죠?"

미정이 처제가 말했다.

으으. 그걸 자랑하려고.

"우리 형부 담당을 한 사람이 3가지씩 하기로 하자!"

그날 저녁 미희 처제는 이상한 제안을 했다. 처제들은 모두 좋다고 환영했고 서로 각자 원하는 담당을 적어서 동시에 보이기로 했다. 뭣 하는 거야? 지켜보던 나는 처제들 행동에 갈피를 잡을 수 없었다. 다행스럽게도 모두 제각각 희망을 적어냈다.

미주는 어제 말한 팔베개 담당에 양치질 담당, 속옷 세탁, 미정이는 보디가드에 세숫물 담당에 발 씻겨주기까지, 미희는 눈가리개 외에 면도 담당과 피부 관리까지, 마치 약속이나 한 듯 하나도 중복되는 것이 없이 제각각 담당을 정했다.

"그럼 난 뭐야?"

미경이가 불만을 터뜨렸다.

"언니는 식사당번에 목욕 담당과 옷 갈아입히기 뭐 많잖아! 흐흐."

미희 처제가 짓궂은 웃음을 흘렸다.

음, 뭐하는 것인지. 난 처제들과 아내가 하는 행동들이 이상하다고 생각했지만 모두 나를 위한 것들이라고 단정 지었다.

처제들은 스스로 정한 룰을 잘 지키고 있었다.

급해, 급해. 처제들은 휴지가 떨어지면 꼭 나를 불렀다. 손이 더러워져서 난 화장실에서 손을 씻고 있었다. 후닥닥. 미희 처제가 화장실에 들어왔다.

"형부! 나 볼일 봐야 하니까 돌아보면 안 돼!"

미희 처제가 말했다.

"보라고 해도 안보니까 맘대로 하렴!"

이제 나도 그 정도는 그냥 넘어갈 수 있는 단계까지 왔다. 귀여운 처제들의 행동이 늘 그랬으니까. 이젠 별것 아닌 걸로 대충 넘어간다.

"이, 해!"

막내 미주 처제는 하루에 꼭 3번씩 밥만 먹고 나면 칫솔에 치약을 묻혀서 갖고 온다. 그냥 날 주는 것도 아니고 꼭 자기 손으로 양치질을 다 해준다.

"여기 앉아!"

미희 처제는 시도 때도 없이 피부 관리를 해준다고 했다.

"어, 어, 거긴 위험해!"

미정이 처제는 내가 어딜 가나 졸졸 따라다니며 돌멩이 하나라도 있으면 밟지 못하게 한다.

　다행스러운 것은 10일, 20일, 30일, 또는 31일 되는 날은 혜지 동생을 만들라고 잠자리엔 들어오지 않는다는 것이다.

처제의 일기

그렇게 몇 달이 흘렀다.

똑똑.

"미정아!"

미정이 처제가 보이지 않아서 난 방문을 두드렸다. 아무리 부르고 두드려도 대답이 없다. 다른 처제들도 미경이도 다 보이지 않는다. 어디 갔지? 혹시 아픈가? 늘 보디가드 한다고 졸졸 따라 다니더니 보이질 않는다. 걱정이 돼서 미정이 처제 방문을 살짝 열어보았다. 아무도 없다. 음. 그냥 문을 닫으려고 하다가 난 뭔가 발견하고 방문을 다시 열었다.

일기장, 일기장이라. 뭐라고 썼을까. 아무도 없으니 살짝 봐야지. 난 미정이 처제 방으로 들어가서 그 일기장을 읽어보다가 깜짝 놀랐다. 젠장. 그런 거였어?

0월 0일

형부가 정말 우리를 친동생처럼 생각하는지 시험을 했다.

잠자는 것을 뽀뽀도 하고 얼굴도 만지고 언니하고 둘이 자는데 가운데 가서 자기도 하고 그랬다.

아직은 모르겠다.

형부는 무감각했다.

뭐라고 단정 지을 수 없다.

0월0일

언니들과 같이 합동 작전을 시작했다.

화장실에서 휴지를 갖다 달라고 하고.

큰언니는 옷을 입을 테니 들여다보면 안 된다고 하고.

형부가 정말 우릴 친동생처럼 생각하는지 시험했다.

그래도 아직은 모르겠다.

언니들과 더 시험해보기로 했다.

0월 0일

형부가 우릴 친동생처럼 생각하지는 않는 것 같다.

화장실에서 휴지를 갖다 달라고 하면 들어오지 않는다.

친동생이면 그럴까.

화장실에서 손을 씻다가 처제들이 들어가면 얼른 도망친다.

친동생이라도 그럴까.

더 시험해봐야 알 것 같다.

0월 0일

업어달라고 하고 뽀뽀도 해달라고 했다.

업어주기는 하는데 뽀뽀는 안 하려고 한다.

아직도 우릴 친동생처럼 생각하지는 않는다.

밤에 잠자는데 뽀뽀를 하면 입을 꼭 다문다.

마치 싫다는 느낌처럼.

더 시험해봐야 할 것 같다.

0월 0일

언니들과 합동 작전을 시작한 지 5개월이나 지났다.

이젠 형부가 우릴 정말 친동생처럼 생각하는 것 같다.

화장실에서 나가지도 않고.

휴지를 달라면 화장실 문을 열고 얼굴만 돌리고 휴지를 준다.

0월 0일

이젠 언니들과 합동 작전을 그만두기로 했다.

형부도 이젠 우리들을 정말 친동생처럼 보살펴주기 때문이다.

이젠 형부를 믿을 수 있을 것 같다.

0월0일

문제가 생겼다.

언니들과 합동 작전을 그만 두기로 했는데 버릇이 생겼나 보다.

형부에게 합동 작전 때처럼 계속 보디가드를 한다고 한다.

동생은 양치질도 해줘야 맘이 편하다고 그랬다

빨래도 해줘야 언니가 고생을 덜할 것 같다.

으으.

큰일이다.

언니들도 그렇다고 한다.

0월 0일.

미희 언니가 제일 먼저 버릇을 고쳤다고 자랑했다.

겨우 눈가리개만 안 하는 걸 가지고…….

피부 관리와 면도 담당은 아직도 한다.

형부도 이젠 뻔뻔해졌다.

처제들이 당연히 해줘야 한다고 생각하는 모양이다.

으으.

0월 0일

동생은 아직도 칫솔에 치약을 묻혀서 형부에게 '아' 하라고 한다.

으으.

어딜 가나 졸졸 따라가야 맘이 편하다.

따라가지 않으면 걱정이 된다.

왜 그럴까?

다 큰 어른인데.

미정이 처제 일기를 제자리에 놔두고 슬그머니 처제 방을 나왔다.

'오냐! 이제부터 한번 당해봐라!'

난 역공을 준비하고 있었다.

룰루. 모두 목욕탕에 다녀오는 모양이다. 그래서 아무도 안보였군!

"에구 발이 더러워졌다."

난 발에다 흙을 묻혀가지고 미정이 처제에게 보였다.

"알았어!"

미정이 처제는 얼른 세숫대야에 물을 받아 들고 왔다. 난 의자에 앉아서 발을 세숫대야에 담고. 미정이 처제가 쪼그리고 앉아서 열심히 내 발을 씻겨준다. 괜히 역공을 한답시고 장난을 한 내가 오히려 미안한 마음이 생겼다.

젠장. 이게 뭐야. 그래도 더 해봐야지.

"피부가 왜 이렇게 거칠어졌지?"

난 미희 처제를 보며 투덜거렸다.

"잠깐 기다려!"

미희 처제가 얼른 자기 방으로 달려가 크림과 로션을 갖고 나왔다. 미희 처제는 열심히 내 얼굴을 마사지했다.

정말 미안한 마음만 가득했다. 괜히 역공을 한다고 이게 뭐야.

그 무렵부터 처제들의 이상한 행동이 차츰 없어지기 시작했는데 정말 단체로 나를 시험했다는 생각에 난 몹시 기분이 상했다. 한동안 처제들을 대하는 것을 조심스럽게 기분이 상하지 않을 정도만 상대를 해주고 전처럼 친밀감 있게 대하진 않았다.

몇 달이 그렇게 지나갔지만 무슨 마약 중독이 된 것도 아니고 괜히 내가 미안하고 무엇보다도 재미가 없어졌다. 처제들도 내 눈치를 보느라고 마음대로 행동을 못하는 것 같고.

아내 미경이는 산달이 다 돼서 배가 남산 같다.

한동안 외할머니 댁에서 연락도 없던 혜지는 이제 철이 들었는지 아빠가 보고 싶은지 자주 전화를 한다.

미희 처제가 고등학교를 다니면서 사업이란 것을 시작한 것도 그 무렵이다. 컴퓨터 전공을 살려 스스로 홈쇼핑을 구축하고 동대

문 시장에서 속옷을 사다가 인터넷으로 판매를 시작했는데 수입이 제법 됐다.

"형부!"

미희 처제가 어느 날 저녁에 친구들을 데리고 와서 내 방에 들어왔다. 모두 남자들이다. 같은 또래가 두 명, 하나는 아직 중학생 같았다.

"이 앤?"

난 그 중학생 같은 남자 아이를 가리키며 물었다. 친구도 아닌데 왜 데리고 왔느냐고 묻는 것이다.

"미정이 친구예요!"

미희 처제가 미정이 처제 친구를 데리고 온 것이다.

난 의아해서 미희 처제를 봤다.

"미정이하고 친하고 싶은데 미정이가 곁을 안 준다네요."

미희 처제가 말했다.

중학생 남자 아이는 미정이를 좋아하는데 미정이 처제가 싫다고 하는 모양이다.

천천히 뜯어보니까 꽤 착하게 생긴 아이였다.

"부모님은 뭐하시고?"

내가 물었다.

"학교 선생님이에요."

"두 분 다?"

내가 다시 물었다.

"네. 아버지는 고등학교 선생님이시고 엄마는 초등학교 선생님이세요."

녀석이 자랑스럽게 말했다.

"그래. 훌륭한 부모님이시구나."

난 남자 아이를 바라보며 미소를 지어 보였다.

"그래, 오늘 무슨 일로 날 찾아왔지?"

난 미희 처제와 두 남자 친구들을 차례로 보며 물었다.

"형부한테 부탁을 좀 하려고요."

미희 처제가 말했다.

"무슨 부탁인데?"

내가 물었다.

"이 두 친구가 사업을 하고 싶다는데요, 형부가 좀 도와주면 안 될까요?"

미희 처제가 두 남자 친구를 가리키며 말했다

"무슨 사업인데? 들어나보고."

난 미소를 지으며 두 남자 아이들을 바라보았다. 이제 고등학생들이 뭘 하겠다는 것인지 호기심이 생겼다. 물론 미희 처제도 홈쇼핑을 운영하고 있기는 하지만.

"말씀드려!"

미희 처제가 두 남자 친구들에게 말했다.

"전 게임을 잘 만들거든요. 해서 게임을 만들어 팔려고요."

남자 아이 하나가 말했다.

"전 바이러스 전문인데 백신 쪽으로 나가려고요."

다른 아이가 말했다.

"내가 뭘 도와줘야 하지?"

내가 물었다.

"그냥 공간 하나만 마련해 주시면 돼요. 사무실이든 방이든."

미희 처제가 말했다. 이 아이들이 한군데 모여서 컴퓨터로 작업을 할 공간이 필요한 모양이었다.

"집에서 하면 안 되는 것이냐?"

난 각자 자기 집에서 하면 되지 않느냐고 물었다.

"얘들이 사실은 집이 가난해서 컴퓨터도 없고 지금까지 학교 컴퓨터로만 해서 형부가 컴퓨터를 좀……."

미희 처제가 날 보며 쑥스러운 미소를 지었다.

"그럼 너는?"

난 미정이 친구라는 아이를 보고 물었다. 뭘 잘하느냐고 묻는 것이다.

"제 동생입니다!"

바이러스 전문이라는 아이가 말했다.

자세히 보니 정말 닮았다.

"좋다."

난 허락을 하고 집 앞의 2층 건물에 사무실을 하나 얻어줬다. 컴퓨터도 5대를 구입해서 줬다.

그때부터 미정이 처제는 그 사무실에서 컴퓨터에 푹 빠져 버렸다. 미정이를 좋아한다는 중학생 남자 아이는 매일 놀러왔고 차츰차츰 미정이와 친하게 지내기 시작했다.

녀석 이름이 허영모. 한 가지 공부는 잘했다.

미정이의 일기.

격투기를 배우고 아빠를 구해드린다고 했는데

아빠에게 전화를 하다가 보니까

그 무서운 사람이 아빠의 아빠, 할아버지라는 것을 알았다.

이건 태극권이 아니다.

사람들이 그렇게 착각을 하지만 이건 실전 격투기다.

격투기 선수였던 스승님께서 말씀하셨다.

그래도 아빠를 위해 써먹을 때가 있어서 좋다.

난 영원한 보디가드.

두 가지 약속을 받아냈다.

아빠는 내가 원하는 두 가지를 들어주기로 했다.

하나는 영원한 보디가드. 헤헤.

또 하나는 아직 말하지 않았다.

쉿.

이건 비밀인데.

나중에 도장을 차려서 나도 제자들을 가르칠 것이다.

그때 두 번째 부탁을 아빠한테 할 것이다. 헤헤.

컴퓨터가 무척 재미있다.

영원한 보디가드를 한다고 해놓고 컴퓨터를 하느라고 매일 빼먹는다.

영모 녀석.

매일 놀러 온다.

정말 귀엽다.

미정이 처제가 그렇게 컴퓨터에 재미를 붙이고 있는 동안 난 처제들을 다 잃어버렸다. 귀여운 처제도 엉뚱한 처제도 이젠 아무도 없다.

"야! 미정아!"

이젠 부르는 호칭까지 바뀌었다.

"왜?"

미정이 대답도 이젠 바뀌었다.

"야! 미희야!"

"왜 그래?"

"야! 미주야!"

"왜 불러? 귀찮게."

으으. 그렇게 부르고 대답하고.

반대로 부를 땐 미정이는 '아빠야!', 미주는 '오빠!', 미희는 '오라버니!', 그렇게 바뀌었다. 처제는 이젠 어디에도 안 보인다. 모두 여동생이 되고 딸이 됐다. 그렇게 뒤죽박죽 살기 시작한 지 어언 10년. 같은 해 아버지도 장모님도 돌아가셨다.

아버지는 유언장에서 미주에게 10%, 미정이에게도 10%, 미희도 10%, 그리고 다희에게 20%, 나의 아내 미경이 앞으로 20%, 그리고 나에게 30% 유산을 남겼다.

반면 장모님은 나의 딸 혜지를 대학까지 보내고 모든 재산을 몽땅 혜지 앞으로 명의 이전까지 해두고 돌아가셨다. 재산이야 많지는 않지만.

미희는 작년에 시집을 갔다.

두 처제. 아니 여동생들은 아직 미혼이다.

독자 분들 몫으로 남겨됐다.

누구에게 시집을 가든 본인들이 알아서 할 일이다. 아무리 여동생이라 해도 결혼까지 간섭을 할 수는 없다

또 하나. 황지미. 그녀와 나의 관계. 결혼 전 비밀을 안고 결혼해

야 했던 일 역시 자라나는 딸 혜지에게 부끄러움을 남기지 않기 위해 영원히 비밀로 남기려 한다.

그 부분 역시 독자 분들 몫으로 남긴다.

아. 깜빡했다. 아내는 그동안 딸을 둘 더 낳았다.

혜미. 혜정. 두 딸 이름이다.

하나는 이제 초등학생이고 하나는 유치원생이다.

큰 딸 혜지와는 혜미가 10살 차이, 혜정이는 13살 차이다.

아직도 미정이와 미주는 나와 같은 집에서 산다. 늘 그랬듯이.

미주는 칫솔에 치약을 들고 와서 아, 하고 말한다.

난 영원한 보디가드. 미정이는 아직도 보디가드다.

다 큰 처녀들이 아직도 어린애로 착각하나보다. 왜냐고요? 아직도 뽀뽀는 기본으로, 업어 달라는 것은 이젠 무거워서 그만. 잠자리 습격도 아직 가끔은 당함. 동생이니까.

제기랄! 바뀐 것이 있다면 왕자에서 이젠 내가 머슴이 됐다는 것이다.

"오빠!"

"왜?"

"배고파!"

"알았어! 차려줄게!"

이렇게 변했다.

아내는 배가 남산이다. 이번엔 분명 아들일거야! 이젠 내 편이 돼줄 아들이 필요하다. 같이 목욕탕 갈 녀석이 없어서 말이야. 추석이다, 설이다 모이면 모두 여자다. 나만 외톨이다. 제발 아들이 나와야 외톨이 신세를 면할 텐데.

"딸입니다!"

으으, 용하다는 점쟁이 녀석, 또 딸이란다. 이젠 정말 그만 낳아야지.

미정이 처제의 진짜 일기

0월0일.

아빠로 알았던 사진속의 아빠가

언니, 아니 혜지의 아빠란다.

그럼 나는 형부라고 불러야 한다.

난 아빠가 더 좋은데

우리 아빠라 자랑하면서

매일 사진을 봤는데.

하늘이 갑자기 캄캄해진다.

앞으로 난 어쩌라고?

0월 0일

형부, 아니 아빠!

제발 다시 아빠로 돌아 왔으면.

오지를 않는다.

아무리 기다려도.

언니와 혜지가 말하는 것을 들어보니 외국에 나갔다 한다.

오기만 해봐라, 형부 하지 말고 아빠 하자고 할 테다.

0월 0일.

언니가 울고 있다.

언니도 기다리는데 그 사람은 오지 않는다.

아빠인지 형부인지 정말 보고 싶다.

아! 이러다가 내가 늙으면 어쩌지?

얼른 와야 할 텐데.

0월 0일.

왔다.

드디어 그 사람이 왔다.

사진에서만 본 그 사람이 왔다.

무척 멋있는 사람이다.

혜지와 언니가 울면서 그 사람을 맞이했다.

바보들. 왜 울어?

난 업어 달라, 안아 달라, 뽀뽀도 해달라고 했다.

왜?

난 용기가 있는 사람이고

반드시 아빠로 만들어야 하니깐.

0월 0일

밤에 베개를 들고 언니와 아빠 사이에 들어가 잤다.

언니가 더 이상 그 사람과 가깝게 지내면 안 되니까.

아침엔 세숫물을 떠서 세수를 하게 했고

업어달라고 해서 아빠한테 업혀서 산책도 했다.

그 사람이 아빠였으면 좋겠다.

혜지 아빠가 아닌 나 미정이 아빠.

그냥 아빠라고 부르기로 했다.

늘 아빠로 그리며 살아왔으니까.

아빠 등은 참 따뜻하고 포근했다.

난 아빠 등에서 잠이 들었다.

0월 0일

아빠와 난 학교에 갔다.

친구들에게 아빠 자랑을 했다.

면사무소에서 높은 사람이 자기 아빠라고 자랑하던 순덕이는

나의 아빠를 보고 무척 부러워하는 눈치였다.

너무 멋있으니깐.

학교에서 오는 길에 아빠는 나를 데리러 와서 다시 업혀서 왔다.

아빠 냄새는 아주 좋다.

0월 0일

아빠가 잠든 틈에 살며시 난 뽀뽀를 했다.

아빠 입술에 뽀뽀를 하고 있으니까 난 하늘을 날아가는 기분이 들었다.

뽀뽀도 하고 아빠 팔을 베개 삼아 잠을 잤다.

윽!

아빠 잠버릇이 무섭다.

내 몸을 베개로 아는 모양이다.

내 배를 베고 잔다.

무거워.

그래도 너무 좋아!

아빠가 있다는 것이 너무 좋아.

0월 0일.

아빠는 내 손가락을 수술해야 한다고 날 데리고 서울로 올라갔다.

우와.

비행기를 첨 타봤다.

아빠는 나를 꼭 안고 서울까지 갔다.

아빠도 날 좋아하는 것 같다.

콩콩.

아빠가 제발 형부가 안 됐으면 좋겠다.

0월 0일

손가락 수술을 마치고 난 아빠 등에 업혀 아빠 집에 갔다.

엄청 컸다.

아빠네 집은.

난 아빠의 영원한 보디가드가 되겠다고 말했다.

아빠도 승낙했다.

아빠도 내가 가까이 있는 것이 좋은 모양이다.

아빠 옆에서 잠을 자는데

아빠 손이 내 배에 턱 올라왔다.

손도 무겁다.

아빠는 팔도 다리도 머리도 다 무겁다.

0월 0일

언니와 동생과 함께 아빠를 시험하기로 했다.

난 왜 그런 짓을 하느냐고 말렸지만

이상한 인터넷 기사들을 내게 보이며 미희 언니가 이렇게 말했다.

형부들이 처제들을 이상하게 생각해서 그래.

그러니깐 시험을 해보자.

우리 형부도 똑같은지.

"이상하다는 게 뭐야?"

난 도무지 이해를 할 수 없어서 물었지만

미희 언니는

"그냥 이상한 짓 할까봐 그래. 조그만 게 뭘 꼬치꼬치 캐물어."

하면서 내 머리를 주먹으로 쥐어박았다.

하는 수 없이 미희 언니와 미주 동생과 합동 작전이란 걸 하기로

했다.

0월 0일

난 울었다.

형부.

아니 아빠한테 너무 미안해서 견딜 수가 없었다.

아빠는 항상 똑같은데.

언니가 괜히 의심을 해서 아빠를 속이는 것 같아 미안했다.

아빠한테 사실을 알려주고 싶었다.

우리들이 목욕을 가면서 난 일기장을 아빠가 보기 쉬운 곳에 놔

뒀다.

물론 비밀 일기장은 숨겨두고.

합동 작전이란 걸 했다는 내용의 가짜 일기장을

분명 아빠는 볼 것이다.

0월 0일

분명 아빠는 가짜 일기장을 보았다.

내가 가짜 일기장 위에 조그만 모래알 하나를 올려놓았는데 없어졌다.

아빠는 복수를 하시려는 모양이다.

이것저것 막 요구를 하신다.

난 더욱 공손하게 요구를 들어줬다.

아빠.

눈에 눈물이 고인다.

막상 이것저것 시키다가 미안한 모양이다.

사랑해요! 아빠!

글을 마치며

"본 소설은 현재 제주시에 살고 있는 부부의 이야기로 실화입니다."

글재주가 없어서 재미있게 썼는지 모르겠습니다.

끝까지 읽어주신 독자 분들께 감사드립니다.

2011년 4월 21일 제주도 협재 해수욕장에서 *김범영* 씀.